新 潮 文 庫

日本人の矜持

—九人との対話—

藤 原 正 彦 著

新 潮 社 版

8851

目次

齋藤孝（教育学者・明治大学教授）
「日本人らしさ」をつくる日本語教育――9

中西輝政（国際政治学者・京都大学教授）
論理を盲信しないイギリスに学べること――43

曽野綾子（作家）
真実を述べる勇気《アレーテイ》を持つ日本人に――67

山田太一（脚本家・作家）
人間の弱さを感じること　傷つくことで得る豊かさ――99

佐藤優（起訴休職外務事務官・作家）
アンテナが壊れシグナルが読み取れない日本――125

五木寛之（作家）
昔の流行歌には「歌謡の品格」があった――149
ビートたけし（映画監督・タレント）
人生すべてイッツ・ソー・イージー――181
佐藤愛子（作家）
心があるから態度に出る　誇りが育む祖国愛――209
阿川弘之（作家）
「たかが経済」といえる文化立国を――229
あとがき――264

日本人の矜持

九人との対話

齋藤孝（教育学者・明治大学教授）

「日本人らしさ」をつくる日本語教育

文化庁文化審議会国語分科会での「国語教育絶対論」で意見が一致した二人。話題は、日本人のコンプレックスが生み出した英語の早期教育問題から国語の教科書の内容、そして、やはり読書の推奨へ。現代の子供達に本当に必要な教育とは？

英語ができないと経済が発展しない？

藤原　二〇〇六年三月、中央教育審議会の外国語専門部会が、「小学五年生から英語を必修にすべき」という報告書を出しました。これはまったく言語道断な話で、私は二〇〇二年に総合学習の中に英語が取り入れられる以前から、「国語教育こそすべての礎」と反対論を唱え続けてきました。

齋藤　藤原先生とは二〇〇二年から文化庁文化審議会国語分科会でご一緒しましたね。あの時、先生の熱烈な「国語教育絶対論」に感動し、私も及ばずながら援護射撃をしたのですが、大方の委員と温度差があったのは残念でした。

今の英語早期教育論の背景には、大人たちの脅えがあるような気がします。日本の国際競争力が低下しているのは英語力不足が原因ではないか、経済がグローバル化してインターネットの世界になってきた時に、英語ができないと収入が高い仕事に就けないんじゃないか、という漠然とした脅えがある。自分たちは何年も学校で英語を勉強してきたのに、発音にまったく自信がない。やはり小学生の頃からやらないとダメなんじゃないか……。そういう親の要望が七割ぐらいあってのことだと思うんです。

藤原　英語ができないと経済が発展しないというのは、大嘘《おおうそ》です。よくぞ経済界の偉い人たちが、そのような嘘をつくものだと思いますね。たとえば二十世紀の百年間を通じて、もっとも英語が上手《うま》いはずのイギリスが、経済的にはずーっと斜陽でした。もっとも英語が下手な日本が、一番経済成長したのです。あるいはTOEFLのテストで、日本はアジア二十八カ国中、見事にビリですが、上位五カ国のシンガポール、インド、フィリピン、パキスタン、スリランカはいずれも英米の旧植民地で、経済的にもほとんどは発展途上段階です。英語ができることと、収入の相関関係があるかどうかも眉唾《まゆつば》です。むしろ数学の方が関係しているのではないか。このあいだ、京都大学の西村和雄《かずお》教授は大学入試で数学を選択した人と、そうでない人の間には、生涯賃金に差が出るという統計を発表しました。英語については、そうした統計はありません。

齋藤　そもそも現状を見てみますと、いくら早くから英語を教えてもほとんど効果があがっていないんですね。すでに九十数パーセントの小学校で総合学習の中で英語の時間を設けていて、私も授業を見たことがありますが、ほとんど英語に慣れておくといった段階にとどまっています。結局は中学校以降で一からやり直すしかない。本当の意味で英会話を身につけさせるといったことは試みているけれども、なかなかできていないと思いますね。

藤原　週に一、二時間やったって何の影響もないのは当然です。今までだって、中・高・大とやって全然しゃべれないわけですからね。

小学五年生からやってもできないとなると、次は三、四年生から、それでもダメなら一、二年生から、と段々前倒しになっていくでしょう。時間も一、二時間では足りないから、三、四時間にしようとなる。しかし、週三、四時間ぐらいでできるようにはなりません。それは英語の専門家も、みな断言します。しかもその分、肝心の国語の時間が削られてしまうわけですから、英語もできず、日本語も中途半端《はんぱ》な人間が育ってしまうだけでしょう。とにかく今の英語教育への狂騒には、大きな誤解とコンプレックスがありますね。

齋藤　これだけ経済的に成長し、アジアの中では近代化にも成功した国が、ここまで英語コンプレックスを引きずっているのは不思議な感じがします。

藤原　英語教育そのものが、欧米に対するコンプレックスを植えつけている面も大きいでしょうね。いくら英語を勉強しても、英米人のように巧《うま》く話せないしきれいな発音もできない、とか。彼らにとっては母国語ですからうまく発音できて当たり前、われわれだって日本語は勉強しなくたって、上手に発音できる。英語を広めていくのが、ある意味では英米の戦略になっています。アングロサクソンというのは、やはり戦略的にものを考えますからね。ベルリンの壁が崩れた時に、アメリカ、イギリスが一斉に旧東側に行って学校を開きました。アメリカとイギリスの間にだって闘いがある。要するにブリティッシュ・イングリッシュが定着するか、アメリカン・イングリッシュが定着するかによって、英米間の言語的優位が決まってくる。言語的な優位を握ることについてはそれほど執着する。英語が世界の共通語になってしまえば、英米が圧倒的に有利になります。われわれが英語の勉強に四苦八苦している間に、アメリカやイギリスのエリート連中は悠々と数学をやり、歴史を勉強しているわけです。これでは経済においても学問においても大いに不利です。それなのに英語、英語と唱えているのは、英米の世界支配を永久に許そうじゃないか、と言っているのと同じです。むしろ世界中が手を携えて英語の覇権に反対しなければなりません。インターネットを英語に統一するといった動きすら、断固阻止すべきです。だいたいインターネットの英語くらいなら、もうじき自動翻訳ができるようになりますからね。

齋藤　ええ、グーグルなどはすでにそういった作業を進めていますね。

藤原　だから英語に対して妙な不安をもつ必要はありません。やはりその国独自の文化を支えるのは、その国の言語です。日本人は日本語を、フランス人はフランス語を、ドイツ人はドイツ語を、方言までふくめてきちんと保つということが非常に大切だと思います。文学の世界だって、英米文学だけがメジャーになって、日本文学もドイツ文学もフランス文学も全部マイナーになってしまうというのではまずいでしょう。

齋藤　日本は日本語によって、ひとつのうまい鎖国状態を作れていると思うんです。トヨタをはじめとして、経済でも文化でも、日本語で緊密なコミュニケーションをとりながら独自のスタイルを作り上げ、しかもそれが海外に容易に流出しにくい。現実に鎖国はできませんが、日本語という防護壁があることによって、世界に類を見ない特異な文化が生まれてきたし、今世界から評価されているのも、そうした日本独自のものなのではないでしょうか。英語の土俵にあがってしまって、すべての思考を英語で行うことで、向こうの得意なところでこちらが拡散してしまう恐れは具体的に感じますね。

藤原　なるほど面白い。日本語は日本文化を守る防波堤ということですね。言語はコミュニケーションの道具というだけではなく、思考自体、あるいは情緒もすべて言語を土台にしていますからね。日本語を捨てて英語を公用語にしたり、そこまで行かなくとも半分英語を入れてしまったりすると日本人の思考自身、情緒自身、文化自身が変質するはずです。

齋藤 その通りです。英語がよくできる人のもっている雰囲気は、いわゆる日本人的なものとはやや違和を生じるような気がします。もちろん、われわれは多様な文化を受け入れていかなければなりませんが、言語は人間性そのものを変容させる可能性があるということは、注意しなければなりませんね。

藤原 そう言えば十数年前、家族とイギリスで一年余り暮らしたあとアメリカ経由で帰国したのですが、アメリカに着いて米語を話し始めた途端に私の人格が変わった、と女房が言ってました。イギリスで英語をしゃべっている時には学者らしかったのに、アメリカに着くや気軽に女の子をからかったり、「生き生きと軽薄になった」と気持ち悪がっていました。語学を身につけるためには、血のにじむような努力をしなければなりません。小学校から教えれば何とかなるというのは甘い考えに過ぎないのです。ある新聞社の調査によれば、英語を仕事で使う必要のある会社員は、全体の十八パーセント程度しかいないそうです。英語を使う必要のある人、あるいは使う必要のありそうな人は確かに今の何倍もの勉強をしなければならないでしょう。しかし今回中教審の言っていることは、必修にする、すなわち全国民に強制すると言っているのですから、まったく意味合いが違います。

文部科学省は、「英語ができないと国際人になれない」と言いますが、これもまったくの大嘘です。私は高校生の頃にいろんな模擬試験を受けて、英語ではしばしば一番とか二番をとっていましたから、絶対の自信をもっていました。ところがアメリカやイギリスに行ってみると、みんな私より英語がうまいのでびっくりしちゃった(笑)。と言っても、国際人を世界のどこへ行っても人間として尊敬されるだろう人、と定義すれば、アメリカ人やイギリス人の中でも国際人の比率はせいぜい数パーセントに過ぎません。

齋藤　大事なのは話す技術ではなく、伝えるべき内容をきちんと持っているかですからね。

藤原　ええ、英語はよたよたと訛《なま》っていて全然構わないんです。たとえば私は、インド人とアメリカ人、イギリス人、フランス人、ドイツ人、日本人、中国人、そしてオーストラリア人と、八カ国の人が英語で話し始めたら、目をつぶって十秒以内に誰がどこの国の人か当てられますね。要するに英語が母国語でない人は、訛りに訛っています。英語が国際語になったというのは、訛っても意味が通じればいい、ということで、アメリカ人やイギリス人のようにしゃべる必要はまったくないんです。文字通り

「ジス・イズ・ア・ペン」で、ノープロブレムアットオールですね。

だから話す手段よりも、話すべき内容を身につける。そのためにはとにかく国語を通した読書以外にありません。いくら語学の勉強をしても、人間の中身は豊かになりません。そこをどうも勘違いして、英語、英語と騒ぐのは笑止千万ですね。中教審の出した文書には、英語を学ぶ理由として、「異文化を理解し、我が国の文化を発信し、異文化と対話する力を育てるとの視点を持つことが重要である」とあります。しかし全国民が、日本の文化を外国に向けて発信するようなことが、果たして現実に可能でしょうか。こういう国民に甘い夢を抱かせるような文章で、英語を取り入れようとするのは卑怯《ひきょう》だと思います。

齋藤 それに翻訳家というプロフェッショナルがいるおかげで、英語圏だけではなく、ロシア語から何からすべて、古今東西の名著を私たちの中に内容として取り入れることができる。異文化を理解するというなら、翻訳を通じるのがまず早道なんですね。僕自身、その恩恵をものすごく受けました。学ぶべき文化をもっているのは英語圏だけに限りません。その国の言葉はできなくても、ドイツから音楽を、フランスから美術を、ロシアから文学を、と贅沢《ぜいたく》に吸収できるのです。そのために翻訳能力を磨くことを人生の選択とする人が、数パーセントいてくれることは必要だと思います。

藤原　その数パーセントの人および他の動機をもった合計で三十パーセントくらいの人は必死になって勉強しなければなりませんが、全国民に英語を強制する必要などまったくありません。農業をやりたい人、漁業をやりたい人、親の店を継ぎたい人、とさまざまな進路があるのですから、将来英語を必要としない人は一切英語を勉強しなくていい、その代わり、中学・高校とたっぷりと読書をさせるぐらいの大胆な選択があっていい。国民すべてが、しかも小学校から英語をやるというのは、ものすごい国家的なエネルギーの損失で、その時間を読書に向けて欲しいと思いますね。

これは私自身の反省でもあるんです。中学・高校時代は英語の勉強に熱中し、あげくはフランス語やドイツ語にも手を出した。大学に入ると、ロシア、スペイン、ポルトガル語までかじった。外国語には構造があるから、それが見えてくるのが面白い。それに構造さえマスターすればすぐに辞書を片手に読むことができるから、知的に興奮してしまう。ということで、つい調子に乗ってしまったんです。今になって、そんな時間があったら、古今東西の名作を翻訳でいいからもっと徹底的に読めばよかった、と壁に頭突きしたいぐらい後悔しています。そうしたら、どんなに人生が充実して豊かになったか。六十歳になってから読んでも内容は理解できますが、やっぱり十五歳、二十歳で読むのとは全然違うんですね。その時にしかない感受性がありますから。

低下した国語力を鍛えるための読書

齋藤　われわれが危機感をもつべきなのは、むしろ国語力が低下してきていることではないでしょうか。私自身、小学生に教える機会もありますが、たとえば小学六年生で、塾に行っている子とそうでない子の間には、国語能力に雲泥《うんでい》の差があります。作文をしなさい、と言われても、原稿用紙を開いただけで頭が止まってしまう子も少なくありません。今の公立小学校の教育の中で、国語が教科としてちゃんと機能していないからだと思います。

藤原　国語教育がきちんと行われていないというのは、国語の教科書が薄すぎたり、レベルが低すぎたりということですか？　それとも教え方がおかしいということでしょうか？

齋藤　まず教科書が壊滅状態ですね。（実際に教科書を取り出し）こんなに薄くて、絵や写真ばっかりなんですよ。たとえば光村図書版の小学六年生の（下）を見ると、宮沢賢治の短編童話「やまなし」に、「平和のとりでを築く」という広島の原爆についての文章など、詩を抜くと読みものが全部でたった五つ。それを半年かけてやるんです。

藤原　それじゃあ、時間が余ってしまうのではないですか。

齋藤　ええ、だからすごくねちねちした授業になってしまうんです。

藤原　子供が気の毒ですねえ。

齋藤　一冊全部読み上げても、一時間もかからないでしょう。一日あれば、小学一年生から六年生まで、全部の教科書を音読できるはずです。それを六年間かけてやるのですから、正気の沙汰《さた》ではありません。

ご覧になっていただくとわかりますが、読解力に大きな差があるのに、一年生と六年生の教科書の厚さはほとんど変わりません。なぜそうなるかと言うと、税金で購入される教科書の価格は、一年生でも六年生でも同じに決められているからなんです。しかも今の教科書は、カラー印刷できれいな紙を使っていますから、その費用の分、中身がどんどん薄くなる。信じられないぐらい大きな字を使っていますが、子供は老眼じゃないんですから（笑）。すべての人が教育は大本だといい、改革が必要だと認めているにもかかわらず、教科書への税金の配分の仕方に誰も何も言わないのはおかしい。

実は私、あまりにひどいので自分で教科書を作ろうと思ったんです。ところが、国語教科書業界は寡占《かせん》状態にあって新規参入がほとんどできない仕組みになっている。本来してはいけないはずなのに、採択してもらうためには全国の教科書採択委員と思われる人にあたりをつけて、営業をかける慣行が続いていて、新規参入には莫大《ばくだい》な初期投資が必要です。

藤原　問題は根深いですね。国語の授業時間を増やせというのはもちろん正解なんだけれども、その前に教科書の質も根本的に改めなければなりません。こんなつまらない、内容の希薄な教科書では誰も国語を好きにはなりませんよ。もっと厚くして、知的満足感を与えるようなものにしないと。それに薄いと、先生が一つの文章を根掘り葉掘り分析ばかりするようになり、授業がつまらなくなる。算数の教科書も、われわれの子供の頃に比べれば本当に薄くなりました。三桁《けた》×三桁の掛け算は難しいから二桁までというんでしょう。同じように、国語でも漱石《そうせき》や鷗外《おうがい》は難しすぎて、わからないと子供が傷つくからダメだという。こんな教科書で教えること自体が、よっぽど子供を傷つけていると思うんですが。

齋藤　やっぱり大量に読むことで啓《ひら》かれるものがあると思います。たとえば（新美南吉の）『ごんぎつね』だけでは足りなくて、森鷗外の『山椒大夫《さんしょうだゆう》』『杯』などではじめて啓かれる感性もあるはずです。教科書に載っている作品の数が少なければ、その分刺激を受ける機会も乏しくなってしまうと思います。大人には子供に文化的に高いものを与える義務があると思いますが、現在の公立小学校はその務めをまったく果たしていません。

子供は大人が想像するより、はるかに高い理解力をもっています。たとえば私は『理想の国語教科書』（青版・赤版／ともに文藝春秋）というテキストを編纂《へんさん》し、それを使って小学生を教えたことがあります。その中には、シェイクスピアの『マクベス』や、ドストエフスキーの『罪と罰』といった作品も入れたのですが、子供たちはストーリーを完璧《かんぺき》に理解して、クライマックスのところではどよめきが起こるほどでした。やはり翻訳でも、『罪と罰』くらいになると、ドストエフスキーの魔力みたいなものが発散され、それが日本の子供たちにも届く。それが国語の授業の醍醐味《だいごみ》ではないでしょうか。言葉は単にコミュニケーションの道具というだけではなく、心の深いところに届くものなんですから。

藤原　『理想の国語教科書』には、私の母（藤原てい）の『流れる星は生きている』（中公文庫）も入れていただきました。

齋藤　ええ、小学四年、五年、六年生すべてを相手に授業をしたのですが、みんなしみじみ浸っていましたね。

よく教科書には、意味の曖昧《あいまい》な文学的なものではなく、もっと実用的な文章を載せるべきだという意見がありますが、短絡的な発想だと思います。

藤原　要するに国語をコミュニケーションの道具としてしか見ていないわけです。それは国語の一面でしかなくて、もっと人間としての情緒や論理性を育てるなど、さまざまな側面があるはずです。すべての知的活動の根本なんですから、実用文だけというのはあまりに視野が狭いと思います。

齋藤　たとえば藤原先生の『祖国とは国語』（新潮文庫）に収められている、「ダイハッケン」という文章など、私が教科書を作るとしたらぜひ収録したいと思います。藤原家では、三人の息子さんたちが生活の中で何か新しいことに気づくたびにそれを報告し、先生が大げさに褒め上げながら、「大発見」「中発見」「小発見」と査定して、発見者がそれを「発見ノート」に記録していた、という内容です。とても短い文章ですが、家族のつながりや、科学的な関心をどう育てるかということが自然に伝わってきます。読んだ子供はきっと真似《まね》をして、自分の家でも「大発見」と言ってもらいたくなるでしょう。さらに言えば、戦後の日本の経済成長もそうした素朴な発見を大切にしていたからこそではなかったでしょうか。そうした大事なことを伝えるには、国語はなかなかいい容《い》れ物なんです。社会や理科だけでは、どうしてもはみ出してしまう。

藤原　国語力を鍛えるためには、読書を積み重ねる以外にありえません。本をたくさん読むには、我慢力が要ります。たとえば風邪で三十九度の熱がある時は、読書なんか金輪際できません。風邪と闘うだけで我慢力を全部使ってしまいますから。逆に言えば、我慢力をつけるためにも、読書は非常に重要です。

理数離れが言われますが、これも子供たちに我慢力がなくなってきていることが関係していると思います。数学の問題を解くためには、五分、十分、一時間、ときには一日ずっと考え続けなければなりません。我慢力がなくて、一分考えて解けなかったらポンと捨ててしまうのでは、数学力はまったくつきません。私でも、一月考えても、二月考えても解けない問題に向き合い続けていると、ろくな才能もないくせに数学者になんかなっちゃって、とか心の底から囁《ささや》きが聞こえてくる（笑）。それに耐えなければならないわけです。

齋藤　小学生で算数が苦手になる要因の一つとして、文章題があります。計算はなんとかできても文章題が解けないというのは、国語力に問題があるからだと思います。たとえば速さの問題や、塩水の濃度の問題などにしても、数式を頭の中で日本語に変換して人に説明する能力があれば、解けるはずなんです。式を式としてだけ操作しようとすると、解けないですね。あるいは証明問題でも、最終的に求めたい解が何で、そのために必要な作業は何かを日本語で説明できればいいわけです。実際、頭の中で起こっていることを口で説明させるという算数の授業をやってみたら、子供たちは文章題の構造がはるかに理解しやすくなった、と言っていましたね。

藤原　おっしゃる通りで、われわれ数学者もふだんそういう作業をしているんです。この問題を攻略するためには、あの地点を目指して登っていけばよい。それにはまずここまで行って、次にあそこまで行って……と段々追い詰めていく。その時にはやっぱり言葉を使っています。数学のような抽象的な学問でも、言葉とイメージの振り子運動のようなもので、論理的思考のために決定的に重要なのは国語力なんです。だから帰国子女なんかみんなまいっちゃうのは文章題なんです。文章題というのは必要十分なことしか書いていなくて、しかも一語でもきちんと意味がとれないともう問題すら成立しない。その意味をびちっと把握するには、相当高度な国語力が必要なんです。

齋藤　幾何の証明問題などもそういう性質をもっていると思いますが、問題に出てくる条件や仮定を全部使わないと解けないようになっている。幾何の問題は、一見生活には何の役にも立たないようですが、実はビジネスマンに求められている能力というのは、幾何の証明問題のようなものときわめて近いと思うんです。顧客から出された条件をすべて満たし、しかも利益を最大化しなければならないのですから。

藤原　小説を読んだり幾何を解く、などという一見役に立ちそうもないものが実は人間としての力となるのですね。実学優先という謳《うた》い文句が言われ、学校は英語やパソコンのような役に立つものを教えればいい、あるいは大学は産学協同でお金儲《もう》けにつながる研究をすべきだ、といった風潮がありますが、教育の役割はけっしてそうしたものではないと思います。たとえば同じ円弧に対する円周角は一定であるという法則を実社会で使うことはまずありません。しかし、そうしたものを通じて論理的思考力を培《つちか》ったり、ものを考える楽しさ、解けたときの喜びを知ったりしないと、それこそ生きる力はつかないはずです。実学優先は国を滅ぼすことになると思います。何の役にも立ちそうもないけれど重要なものが非常に多いと知るべきですね。

理数離れより深刻な読書離れ

齋藤　いま、倫理観の欠如が言われますが、倫理観を倫理観そのものとして教えるのは難しいと思います。そうではなく、哲学的なもの、あるいは文学、歴史、伝記といったさまざまな本を読むことで、人類が成し遂げてきたことを学び、感性も磨かれ、倫理観が形成されていくのではないでしょうか。

藤原　その通りですね。人間の本能が利害得失にあるのは仕方がないにせよ、人間としてのスケールはその本能からどれだけ離れられるかで決まると思います。そのためには読書によって美しい情緒を養うしかありません。とりわけ日本人が恵まれているのは、世界に冠たる文学の国に生まれたということです。万葉集、源氏物語、方丈記、平家物語、徒然草《つれづれぐさ》……と、西欧文学よりはるか以前から豊かな文学作品群をもってきました。日本の学芸で最も優れているのは何と言っても文学で、数学が数十歩遅れてそれに次ぐと思います。

齋藤　何か文学が特殊な趣味のように軽視される傾向は本当におかしいと思います。文学は人間性の全体を扱うものですから、普通の状態では出てこないような人間性の奥底を学ぶ、実地人間学のような要素があると思います。たとえば『罪と罰』のラスコーリニコフのような心理ですが、そうした読むべき本を、大学生でもほとんど読んでいませんからね。

藤原　あの本は大学一年の時に読みましたがショックでした。文学と数学において共通して大事なのは、美的感受性なんです。美的感受性は日本人のお家芸ですから、文学とか数学が世界に冠たるものになっちゃったんですね。

この前、がん学会の総会でそういう講演をしたら、あとでがんの研究者たちが何人か寄ってきて、「私たちの分野でもやはり美的感受性がもっとも重要です」と言うんです。化学の教授に聞いても、やはり同じことを言いますね。美的感受性を育てるために美しい自然に親しんだり、美しい音楽を聴いたりするのも重要でしょうが、やはり美しい詩や小説に触れ、感動することが、独創的な仕事をする上では欠かせないということです。

齋藤　数学において、美的感受性と論理性ははっきり結びついているものなのでしょうか。

藤原　そうですね。数学というのは山の頂にある美しい花を取りに行くようなものなんです。とぼとぼ登っていくと、右に行こうか、左に行こうか迷うところに来ます。先人の足跡もないので、自分で道を切り開かなければなりません。道というのは、論理のことです。道は自分より下にしかありません。その場合、進むべき方向は、どちらが美しいか、より調和がとれているかということで決めていくものなのです。数学の天才は、審美眼が正確で、いつも頂上につながる道をスッと難なく選びとってしまう。あれには腹が立つ（笑）。

齋藤 ハハハ、少しは迷って欲しいと。

藤原 私なんか途中から変な方向に行って、気がついたら元に戻ってた、なんてことがしょっちゅうありますから。

齋藤 八甲田山死の彷徨《ほうこう》みたいな時が……。

藤原 そうなんです（笑）。それにしても数学の世界って神様が作ったみたいで、かならず美しい方が正しいんです。醜い方は間違っている。そして美しいものは単純です。複雑なものは、それだけでダメだとわかる。

齋藤 なるほど、シンプルで美しいものが正しいというのは、スポーツなど他の世界すべてについても言えることかもしれませんね。

藤原 碁、将棋でも同じで、米長邦雄《くにお》さんも「美しい手が一番正しい」と言っていました。

齋藤 「先を読む」という言い方をしますが、瞬時に正しい判断をするには経験に裏打ちされた直観力が必要です。教育で一番大切なのは、ものごとの本質をぐっと摑《つか》む力をつけることだと思うのですが、そうしたイメージが小学校の先生などに共有されていない気がします。読書をするとは著者の言いたいことを正しく受け取ることです。直観力や他人と感情を行き来させる共感力を鍛えるのに、格好のトレーニングになると思います。

藤原　文化審議会の国語分科会の議論の中で、齋藤さんは、「通信簿の中に読書という欄を作って、どれだけ本を読んだかを評価する」という独創的な案を述べられた。私はよくぞ言ってくれた、と快哉《かいさい》を叫びましたが、他の委員は全然乗ってきませんでしたね。

齋藤　強制するのはよくない、子供が自主的に読書をする喜びを奪う、とか――。

藤原　子供におもねっているのですね。

齋藤　僕はもう呪《のろ》いのようなものを感じましたね。色んな戦後の思想があるんだと思いますが、日本人のある種の自信のなさが、そういう腰の弱さになって出るんでしょう。子供に読書の習慣を何としてでも身につけさせたい。だから通信簿に載せ、読書していないのはダメだよと分からせるのが、なぜいけないのか。

藤原　僕の小学校の担任の先生は、読書マラソンと称して子供たちに何ページ本を読んだか競わせました。ページさえ稼げば中身を問わないというので、やたらめったら濫読《らんどく》するようになり、その習慣が続いているようなものです（笑）。

藤原　教育にはある程度強制力が必要で、たとえば漢字にしても強制的にやらされなければなかなか覚えられません。漢字は読書への第一歩、そして読書と計算は人間とけだものを分ける境界です。教育や躾《しつけ》は、けだものを人間にすることですから、読書と計算は押し付けてでも絶対に教えなければなりません。たとえば朝の十分間読書でも、最初は嫌々読まされていたのが、そのうち本を読むのが好きになった、という声をよく聞きます。

齋藤　読書が主要な教育方法になってもいいと思うんです。というのも、社会にしても理科にしても、本を読めば知識は手に入るわけで、すべての教科に通じるからです。

藤原　特に家族愛や郷土愛、祖国愛といったものも、先生や親が教えられない今、読書を通じて感激の涙と共に胸にしまいこむのが一番いいんです。

読書がないと国が立ち行きません。たしかに子供たちの理数離れというのも困ったことで、その結果将来日本の科学技術がダメになれば、経済も潰《つぶ》れてしまう。しかし子供たちの読書離れが起きるとそれどころではなく、国そのものが潰れてしまいますからね。

齋藤　子供時代に読んで心に残っている本というと、伝記のたぐいが多いですね。それで、松下幸之助《こうのすけ》のように二股ソケットをつくって大儲けをしてやろう！　とか本気で思いました。そういう憧《あこが》れを抱くことが、実は生きていく上で非常に大切なことなんですね。

藤原　伝記は夢とか野心を与えるために格好の教材ですが、今では人間皆平等だから偶像を作ってはいけないということでしょうか、余り読まれていませんね。人間の情緒の中でも、野心は大事なものの一つだと思います。そのためにも、伝記を読んだりして夢をかき立てられることが、子供たちにとっての跳躍台の役割を果たすと思います。読書の重要性を認めず、英語をやっていればいいというのは、子供の健全な成長を妨げているに等しいと思います。

齋藤　まして小学校の授業は、限られた時間数ですからね。

藤原　そう、そこが本質中の本質です。一週間の授業が百時間あれば、私も英語やパソコンを教えることに反対しません。しかし小学校における授業時間数は、週に実質二十数時間しかないのです。そこで何を最優先させるかといえば、国語の勉強を通して人間としての思考と情緒、日本人としての文化などを身につけること以外にありえません。初等教育において、英語やパソコンの入る余地はまったくありませんね。

齋藤　「ゆとり教育」の流れの中で、国語教育では「読む」「書く」より、「話す」「聞く」力の方が重視されるようになりました。もちろん話す、聞くも必要ですが、それより読む、書く、の方が難しいのですから、そちらに時間をかけて教えるべきだと思います。たとえば原稿用紙五枚ぐらいに自分の考えをまとめて書く能力を身につければ、おのずと同じ内容を三分でまとめて話すこともできるようになるはずです。話し言葉だけをいくら練習しても、人前で話す能力は上がりません。

藤原 人を説得するには論理的思考が大切で、自分の考えをまとめて書くことはその最もよい訓練だからですね。国語の先生は、読み、書き、話す、聞く、の四つが平等に重要だといいますが、私は初等教育で圧倒的に重要なのは読みだと思います。比重をつけるなら、読みが二十に対して、書きが五、話す、聞くは一ずつといったところではないでしょうか。しかも話す、聞くは、家庭で身につけられることです。

齋藤 とくに硬い読み物は、家ではやりにくいですからね。

藤原 だから江戸時代にすでに寺子屋の先生は「読み書きそろばん」と人間にとって最も重要なものを喝破していた。それを今の教育学者たちや文部科学省の役人たちが忘れてしまっているんですね。あるいは読む、書くより、話す、聞くの方が楽だから、子供に対してのおもねりなのかもしれません。やはり文字を追って読んでいくには我慢が必要ですから。

齋藤 キレやすい子供が多くなったと言いますけれど、脳の中で、自分の感情を抑えたり、他人とコミュニケーションをとったりする能力をつかさどる前頭前野という部分は、音読や計算などの地味な作業をしている時に活性化するようです。

藤原 ええ。東北大学の川島隆太教授の研究によれば、それこそ齋藤さんの『声に出して読みたい日本語』（草思社）のように、暗誦《あんしょう》・朗誦をしている時に、前頭前野が最も刺激され、電流が増えるそうですね。ちなみに数学の独創性なども、同じ前頭前野の働きなんですよ。ノーベル物理学賞を受賞した湯川秀樹《ひでき》さんが、子供の頃に漢文の素読をやっていたというのは偶然とは思えません。

齋藤 なるほど。

藤原 よく初等教育で独創性を育《はぐく》むとか、創造性を育むとか余計なことを言っていますが、素読、つまり声に出して本を読んでいれば、もうそれが一番独創性を育む教育になっているんですね。昔の人は、脳神経生理学なんか知らないのに、すごい知恵をもっていたものだと思います。

日本語こそすべての原点

齋藤 個性とか独創性に関する幻想が、ここ二十年の教育の迷走をもたらしたと思います。個性や独創性は、ある型を経てはじめて開花するものです。

たとえば藤原先生は数学について考え出すと、脳が動き出して止まらなくなり、それが心地いいという状態を経験されるでしょう？

藤原　ええ、数学を考えだしたら解けるまで何日間でも何週間でも止まりません、最近ではたまにですが（笑）。

齋藤　そういう状態に至るには、脳を動かし続ける持久力が必要です。そういう力を子供たちに鍛えさせるには、いくら難しい数学の問題を考えさせてもダメなんです。むしろ音読や計算のような地味な作業を繰り返すことで、脳の持久力がつく。このあいだ、夏目漱石の『坊っちゃん』（新潮文庫）を一日で全部音読する試みをしたんです。小学四、五、六年生を二百人ぐらい集め、はじめに僕が一文ずつ声を出して読み、次に子供たちが復唱するという形式でやりました。すると最初はたどたどしかったのが、一章、二章と続けていくうちにどんどん日本語らしいリズムになってきて、十章を超えたあたりでもう子供たちの方が止まらなくなる。漱石の文章に慣れてきて、口が止まらないような状態になるんですね。で、内容がわかっていないかというと、全部理解している。それを見ていてわかったのは、音読を続けるうちに脳が一回疲れてくるんですが、その地点を乗り越えると脳がすごくタフになるということです。あ、しっかりしてきたな、というのが見てとれるのです。

藤原　それは面白い。ランナーズハイみたいな現象ですね。齋藤さんの発見ではないでしょうか。国語の先生や、国語学者はそうした実験的なことを一切しませんからね。十年一日のごとく、「それ」がどれを指すとか、品詞分析といったつまらないことばかりやっている。子供たちが退屈するのも当たり前です。

齋藤　心のエネルギーを引き出して鍛えてあげなければなりません。昔は遠足で延々歩くとか、相撲をとるとか、体の側面からも鍛えていましたが、音読はちょうど国語と体育の中間ぐらいでしょう。踏ん張りのきく心のあり方が伝わるのがいい文章だと思いますね。

藤原　そう考えて子供を鍛える先生が大勢いればいいんですが、なにしろ一番本を読んでいないのは、国語の先生だと言われるぐらいですから、教員の質も問題ですね。

齋藤　これから団塊世代の先生が大量退職しますから、教員採用は一挙に「広き門」になっているんです。小学校の場合、かつては十倍以上の倍率だったのが、三倍程度になっている県もあります。一度なってしまえば、一生公務員で安定した給与を保証される。技術を磨かなくても、ずっと教師として担任のクラスを持つことができる。子供を持つ親なら経験のあることですが、「ああ当たっちゃった、最悪」というような先生でも代えて貰《もら》うことはできません。

　そもそも小学校教諭の資格というのはややこしくて、普通の大学では取得することができません。私のいる明治大学では、中・高の免状は取れますが、小学校は取れない。東大、京大、慶応などの学生でも取れません。小学校の先生は、全教科にわたり勉強の楽しさを教えるのが仕事のはずですが、その全教科にわたって勉強のできる人でも小学校の免状を取れない仕組みになっているのです。その一方で、通信教育では簡単に小学校の免状が取れてしまう。文科大臣だった中山成彬《なりあき》さんと一緒にタウンミーティングで島根に行った時にも申し上げたんですが、東大、京大のような明らかに全教科できた学生には、小学校の免状を取るチャンスを与えるようにするのもアイデアではないでしょうか。彼らの中で人格的に問題のある人は、採用で落とせばいいのであって、今のままだと小学校教員になる人の母集団のレベルが低すぎます。いま教員の入れ替えの時期ですから、ここでの採用のミスは向こう四十年間日本の教育をダメにしてしまうのです。

藤原　教育システムとか言っても、結局は何もかも人間で決まってしまうわけですからね。採用が一番大事ですね。

齋藤　英語の話にちょっと戻りますが、英語を教えるにも国語力が必要なんですね。

藤原　外国語の力は母国語の能力に比例する、と専門家はみな言いますね。

齋藤　ええ。たとえば昔、東大入試の英作文の問題で、「母親が息子のことを呼んだけれど、息子は生返事しかしなかった」というのがありました。学生に考えさせると、「生」ってどう訳せばいいんだろう、とかすごく難しく考えてしまうんですけれども、実は簡単なことなんです。「生返事しかしなかった」というのは、つまり「クリアには答えなかった」ということで、He didn't answer clearly でいいんです。要するに事態はこういうことなんだ、と言い換える能力は、英語力というより国語力ですよね。

藤原　内村鑑三《かんぞう》や新渡戸《にとべ》稲造、鈴木大拙といった明治の人々は、みんな英語で文章を書いていますが、彼らはそれ以前に漢語の素養があって、ずば抜けた日本語の能力があった。だからこそあれほど英語がうまくなったと思うのです。

齋藤　僕の友人の翻訳家に言わせると、英文の解釈で間違ってしまう人は、自分で訳してみた日本語の文章を見た時、「これは論理的におかしいな」というセンサーが働かないんだそうです。そのセンサーとは、結局国語力による文脈を類推する力のことですよね。

藤原　うちの息子にも、大学入試の英文解釈に必要なのは、英語力ではなく、文脈類推力が一番大事だと言ってきました。だいたい問題に出されるのは、悪文と言ってもいいような不自然な文章です。昨年、ケンブリッジ時代の友人の数学者の息子で十八歳の子が泊まりに来たので、東大入試の英語問題を見せたら、一度や二度読んだだけでは意味が分からないという。「これは東大の先生が書いたはずだ。文法的には何一つ間違っていないけれど、どこか不自然だ」と言っていました。やたらに関係代名詞や関係副詞をつけて長くしたそういう文章を読み解くには、やはり文脈を捉えないと、英語力だけでは理解不能ですね。私がアメリカやイギリスにいた時も、他人の話を聞く時は一つ一つの単語というより文脈を追いかけていましたね。日本語だってそうですが、だいたい半分聞いたら、文脈から残り半分は想像できちゃう。

齋藤　国語や読書が大事だと言うのは、これまで文系の人が多かったと思いますが、藤原先生のように理数系の分野で道を究めた方が国語教育絶対論を唱えていらっしゃるのは、本当に影響力が大きいと思います。しかも幅広い教養と見識に裏打ちされた将来像を伴っています。『祖国とは国語』の解説にも書かせて頂きましたが、藤原先生のような方に、ぜひ文部科学大臣になっていただきたいと思います。

藤原　いや、大臣就任の翌日、失言で辞任となります(笑)。ただ国語教育は、国語の先生にだけ任せていてはダメで、親や地域など色々な立場の人たちがかかわっていかなければいけないと思います。

齋藤　「日本人らしさ」をつくるのはＤＮＡ的な血ではなく、日本語という言語ですからね。

藤原　まさに「祖国とは国語」で、そこがすべての原点なんです。

中西輝政（国際政治学者・京都大学教授）

論理を盲信しないイギリスに学べること

政治学、数学と分野は異なるが、共にケンブリッジ大学に滞在経験あり、という共通項を踏まえ、知り尽くしているから語り合えた英国論。日本との相違点、また意外な共通点を挙げながら、繁栄を経験した国のあり方を考える。

日本文明の「地下水脈」とは？

藤原　日本という国では、追い詰められると突然、ぐっと蘇《よみがえ》るような力が出てきますね。いま日本はかなり底の底まで落ちているから、民族的な反発力が少し出てきた感じがします。二〇〇六年三月のＷＢＣ（ワールド・ベースボール・クラシック）でのイチロー選手の言動など、まさにその象徴です。

あの彼の発言は、「大和魂」に突き動かされたものだと思います。たとえば韓国に二連敗したとき、「これまでの野球人生における最大の屈辱」といっていました。そんな言葉は、ふつうスポーツ選手からは出てこないものです。イチロー選手があのように激烈な言葉を吐いたのは、そう考えることで自分を鼓舞しようとしたからではないでしょうか。大会中、彼は「自分たちは世界一のチームだ」と何度もいっていました。あれもチームを鼓舞するための発言でしょう。彼自身、大リーグで孤独のなか、そんな気持ちで野球をやってきて、それが思わずあの場面で出た。ふだん冷静な彼があれだけ燃えたところを見て、「なるほど、大和魂に支えられていたから、あれだけの世界的な活躍ができたのか」と納得させられるものがありました。

中西 そこで私が思い浮かべるのは、大東亜戦争末期の日本です。昭和十九年ぐらいから、日本は猛烈に頑張りました。そのころから日本のインテリジェンス（諜報《ちょうほう》）は、ものすごい勢いで進歩し、暗号解読によってアメリカの弱点を見事に摑《つか》みはじめます。科学技術でもそうで、ジェットエンジンをつくるなど、昭和十九年から二十年にかけて、一瞬ですがアメリカを凌駕《りょうが》する兵器技術をもった。いかんせん、このときは遅すぎましたが、「窮すれば通ず」といいますか、あるところまで追い詰められると突然、日本には底のほうからまったく新しい活力が芽を出し、不連続な強い力が生まれるのです。私はそれを日本文明の底にとうとうと流れる「地下水脈」のなせるわざといっているのです。

藤原 インテリジェンスについては以前、日本軍の暗号将校だった人から聞いた話を思い出します。日本海軍の暗号は、昭和十七年のミッドウェー海戦の直前には、すでにアメリカに読まれていました。このことに日本がはっきり気づくのは、昭和十八年四月に連合艦隊司令長官の山本五十六《いそろく》大将がソロモン諸島上空で撃墜されたときです。山本五十六は時間に厳しい人ですから、「何時何分にどこそこへ到着する」と、暗号で詳しく伝えていた。そこを狙《ねら》い撃ちされた可能性が高いと理解したのです。

そこで暗号将校たちは何らかの対策を立てようとするのですが、なかなか研究が進まない。たまりかねて昭和十八年の夏に東京帝大の数学科へ行く。ここにはのちにプリンストン大学の教授を務めた小平邦彦《くにひこ》先生や岩澤《いわさわ》健吉先生など、天才や天才の卵がゴロゴロいて、彼らが暗号の研究会に参加しはじめた結果、アメリカの暗号が解けだすのです。暗号将校たちがどうしても解けない暗号を数学者に見せたら、翌日には解答をもってきたというようなこともあったようです。彼らによって日本の暗号解読の技術はグンと上がったのです。

私にこの話を教えてくれたかつての暗号将校は、「あと二年早く数学者を使っていれば、おめおめと負けることはなかった」と悔しがっていました。彼自身は暗号解読に数学者を使うことを以前から提案していたそうですが、「国家の最高機密である暗号に、民間人を携わらせるわけにはいかない」と却下されたそうです。ところがイギリスでは、ずっと以前からケンブリッジ大学やオックスフォード大学の数学者をどんどんリクルートして暗号解読をやらせていました。

中西　イギリスは四百年前の「スペイン無敵艦隊」の撃滅以来、数学者が情報機関と協力して、つねに国を守ってきました。だからイギリスでは、「数学者は国の宝」というのが伝統になっています。とくに二つの世界大戦などは、数学者がいなかったら、とっくにドイツに負けていたはずです。そして第二次大戦中、ケンブリッジの数学者、アラン・チューリングらがコンピュータを発明するんです。ドイツ軍の空爆に備えて暗号解読しようとして生まれた機械が、いまのコンピュータなんですね。

藤原　数学者は考えるのが商売ですから、「考えつづけろ」といわれれば、一ヵ月でも一年でも考えつづけます。異常な粘りがあるんです（笑）。いまもイギリスのGCHQ（政府通信本部）では数学者を使っています。私のケンブリッジ時代の同僚にも、大学を辞めて高給で抱えられている人がいます。GCHQの数学者の初任給は、英文科や独文科など他の学科の出身者より、二、三割高い。そんな優遇された環境で、彼らは必死になって暗号を解読しています。

日本もそういう方面の研究を始めたら、すごい成果を出すことは間違いありません。暗号解読にはとくに代数幾何と整数論が重要ですが、この二つは日本のお家芸なんです。数学のノーベル賞といわれるフィールズ賞をとった広中平祐《へいすけ》先生や森重文《しげふみ》さんは代数幾何の専門だし、先に名前を挙げた小平先生も同じです。整数論では、すでに亡《な》くなりましたが高木貞治先生が大正時代すでに、この分野で世界一となったため、その弟子や孫弟子たちに先の岩澤先生、志村五郎先生など世界の最高峰が何人もいます。

日本が数学者を巻き込んで本格的に暗号の作成や解読に取り組んだら、必ず十年以内に世界のトップクラスに躍り出ます。それなのにいまは、情報収集はアメリカに完全におんぶに抱っこの状態で、本当に宝の持ち腐れです。

中西　いま藤原先生が述べられたように、大東亜戦争中、日本の軍人や役人たちは長々とした暗号文を使って、指令を出したり連絡をとり合っていました。山本五十六長官は「四日後の何時何分に、どこそこの上空を通ってどこへ行き、そのとき昼飯はどこでとる」など、ミッドウェーとまったく同様に、敵に解読され待ち伏せされやすい、詳細にわたる長文の暗号を平気で送っている。あるいは、「召集兵を何人乗せた排水量何トンの輸送船が大阪湾を何時何分に出る。喫水は何メートル」といった、敵が潜水艦で狙うには恰好《かっこう》の情報を無電でしょっちゅうやりとりしていた。暗号は最小限の長さにしなければ必ず解読される。これはもう、考えられないほど迂闊《うかつ》なことだった。

しかしこのように、劇的に無能化した軍人や役人のエリートのせいで日本がギリギリまで追い詰められたとき、突如として世界水準を超える「一瞬の閃《ひらめ》き」のような瞬発力が出てくるんです。日本では上のほうがすっかりダメになってくると、必ず下から何かの力が芽生えてくる。ペリーが来たあとの日本にしても、上のほうは右往左往するばかりでした。ところがその後、まさに「草莽崛起《そうもうくっき》」が始まり勤皇の志士が底辺や地方からたくさん出てきて、西欧に立ち向かう力をつけていくのです。まさに先に述べたような日本文明の地下水脈が浮上したわけです。

藤原 その志士たちのほとんどは下級武士ですよね。上士とは違い下士は、荒屋に住み米麦半々の御飯に味噌汁《みそしる》だけという食事を日に二度しか食べられないような生活をしていた人々です。貧乏に強く寺子屋で教育を受けた彼らが、爆発的な力を出した。そこが諸外国と違うところです。イギリスにしても国をリードしてきたのは、ずっと貴族や紳士階級です。ロウアーミドルから、そのような指導者が出てくることはまずありえません。

中西 近いところではマーガレット・サッチャー元首相が強力なリーダーシップを発揮して、「サッチャー革命」を起こしました。そこから「日本でもサッチャー革命を」という声が上がりましたが、一人のエリートが新機軸を打ち出し、国を引っ張っていく改革は、日本ではありえないんです。もし同様の改革を日本でやるとするなら、下から新しい力で盛り上がる流れを浮上させないとダメなのですね。

藤原 最近、先のイチロー選手の言動や『国家の品格』(新潮新書)の読者の反響から、下から自然に芽生えてくるような変化を感じることも確かです。手前味噌ですが、

「この本を読んで初めて、日本に対する誇りや自信がもてた」という感想を送ってくる人もいて、とても嬉《うれ》しく感じます。これこそ私が最も望んでいたものです。世直しの本質中の本質はそこにあると私は見ていて、とにかく日本人が誇りと自信を取り戻すことが重要なのです。

日本では戦後、国民全体が誇りと自信を失い、いまもあまり回復しているとはいえません。その結果、アメリカから「ワンといえ」といわれれば、「ワン」という。中国から文句をいわれたら謝罪する。北朝鮮と聞けば、怯《おび》えてしまう。「テポドンの一発や二発、東京に落とすなら落としてみろ」とさえいえない国になってしまった。やはり民族に対する誇りと自信がなければ、外交も防衛もうまく展開できないのです。

経済にしても、アメリカの要求どおりに改革してきて、その結果、滅茶苦茶《めちゃくちゃ》にされてしまった。「ノーベル経済学賞を取ったシカゴ大学の何々教授の説だ」といわれると、すぐに「ハハーッ」となってしまう。「つまらぬ論理を振りかざして押し付けてくるのは、お前たちのような市場原理主義者と共産主義者だけだ」と反論しなくてはいけなかった。最初にお話ししたイチロー選手は、誇りをもってきちんと発言しているから強いのです。

数学の世界にも、三十年ほど前に亡くなった岡潔《おかきよし》先生という、ものすごい天才がいました。当時、彼の分野で「世界の三大難問」といわれたものを全部一人で解いてしまったんです。彼は二十代の末からフランスのパリに三年間留学するのですが、このときはろくに論文も書きませんでした。そして帰国後、「多変数解析関数論を研究するには、まず松尾芭蕉《ばしょう》の俳諧《はいかい》を全部調べなければダメだ」といって、一、二年、徹底的に研究するのです。その後、多変数解析関数論の研究に取り掛かり、二十年かけて三大難問をすべて独力で解いてしまった。

これについて彼は後年、「フランスに行ってヨーロッパをよく見たことが大きかった」と述べています。西洋文化というものが、日本の深い文化に比べれば大したことのないことに気づいた。彼の言葉でいうと、「高い山から谷底見れば、瓜《うり》や茄子《なすび》の花盛り」というわけです。それで西洋文化を徹底的に見下した結果、三大難問も解けたというのです。

さらには「アインシュタインが相対性理論を発見したのも、同じ気持ちがあったはずだ」と語っています。ユダヤ民族の歴史と文化に対する大変な誇りがあり、それに比べれば周囲の民族など屁《へ》でもない。そのような誇りがなければ、相対性理論など絶対に気づくはずがないというのです。

学問的な独創すら、そうした誇りがないと生まれない。とくに祖国が生み出した文化や芸術、学術、自然、伝統、情緒といったものに対する深い誇りが日本人になければ、日本はまったく凡庸な国になり果てると思います。

対極なのに似ている日本とイギリス

中西　欧米の場合、エリートが愛国者であれば国家は何とか再生するのですが、日本では一般国民が自ら燃えるような愛国心をもたなければ国が滅びるのです。

たとえばイギリスの歴史を見ると、最初にケルト人がいて、その後アングロサクソンが入ってきてケルト人を追い払い、自分たちの土地にしました。次にまったく違うノルマン系の野蛮人がやって来て、新しい支配階層になっていきます。ただし異民族間で結婚しませんから、それぞれの遺伝子は全然混じり合わない。

一方日本は、外から異民族がほとんどやって来ませんでした。しかも氷河期が終わってから一万年以上も島国ですから、長年にわたり狭い島のなかで、遺伝子が上から下まで混じり合ったのでしょう。だから一番下の階層からも東大の法学部に入り高級官僚になるというのは、日本ではよくあることになるのです。

ところが欧米ではありえない。そんなことが起こるのは驚天動地で、「人間の国じゃない」という感覚を欧米人はもつのです。

藤原　イギリスでは、ケンブリッジやオックスフォードへの入学をめざして、受験地獄が起こりません。あるときその理由をケンブリッジの同僚に聞いたところ、「イギリスの労働者階級は、オックスブリッジなどに興味がない」という答えでした。労働者階級の人たちも、「政治や国をリードするのは、あいつらであって自分たちじゃない」と思っている。そこが日本と違うところですね。パブにしても、道路一つ隔てて、アッパーミドルの人が行く店と労働者階級が行く店では全然違います。体格なども上位の階層の人のほうがはるかによい。何百年も交わっていないと、そうした社会になる。日本では士農工商といっても、武士の二男、三男はけっこう商家に婿《むこ》入りしたり、その跡取りになったりしていました。そうして、どんどん交わっていった。

中西　日本は原始平等社会が、そのまま近代国家になった国ともいえます。だから向こうの人からすると、まったく逆立ちした構造の国に見えるのです。ということは、西欧というのはわれわれとは「対極の原理」で動いているわけで、われわれはこのことを肝に銘じる必要があるということです。

話は変わりますが、藤原先生は若いときにアメリカに行かれ、その後、かなり成熟したご年齢でイギリスに行かれたそうですね。私は逆に最初に二十代で長くイギリスで学び、そこですっかり出来上がってから三十代になってアメリカへ行きました。それまでアメリカとイギリスは〝親戚《しんせき》の国〟だから、もっと共通点があると思っていたのですが、実際に行ってみるとあまりの違いに驚きました。とくにあの幼稚な論理による進歩主義には幻滅し、アメリカ的なものには「ただ冷笑あるのみ」と決めました。おかげで初めから「アメリカの毒」には染まりませんでした。

ただ、同様の階級社会だから、エリートのずるさと戦略性はイギリスと共通するように感じました。だからアメリカに学ぶのは戦略・戦術的なことだけで、価値観では「反共」ということを除けば、日本とはまったく異質な国だと結論づけました。

藤原　そうですね。イギリスはアッパーミドル以上とその下では考え方がまったく違いますが、唯一《ゆいいつ》、完全に一致するのが「アメリカを見下す」という点です。

私はイギリスに行ったとき、頭が混乱しました。先にアメリカの大学で三年教えたことで、「論理的によいと思ったら改革はどんどんすべきである」といったアメリカの価値観に染まっていたんです。ところがイギリスでは「改革に熱を上げるのは愚かだ。改革なんてしても多くは改悪になるだけだ」と冷めている。そして伝統を非常に重視する。口角泡を飛ばして論理を主張したりすると、「やれやれ」という感じで一同が白けてしまう。

この点ではイギリスに行って、本当によかったと思います。論理のつまらなさと伝統の重要性を肌で感じることができました。

中西　イギリスの哲学者の言葉に、「三段論法は地獄への道」というものがあります。彼らは形式的な論理にはこだわらないのです。人種や社会の構造は日本と正反対ですが、論理を盲信しないという点でイギリスには学ぶことが多く、アメリカやドイツの幼稚な形式論理の影響を防ぐうえで、きわめて有用だと思うのです。

藤原　たしかにイギリスに行くと、アメリカが論理だけの国であることを感じます。イギリスではフランス人の批評に対しても、「あいつらは論理をくねくねと哲学的にいうだけだ」と軽蔑《けいべつ》しています。ドイツに対しては、「あいつらは原理原則をいうばかりで、どうしようもなく頭の固いやつらだ」と見ている。イギリス人は、もっと現実や史実に則して行動する。

論理というのは「AならばB、BならばC」と発展させていくものです。Zを結論とすると、Aが出発点になる。ところが出発点Aはつねに仮説ですから、これをどうするかで結論はいくらでも変わるのです。イギリス人はこのことを本能的に知っていて、だから「論理的な正しさなんて、どうでもいい。それよりも現実を直視しよう」と考えるのだと思います。

ドイツの場合、原理原則があれば、それに絶対従う。たとえば夜中の三時に赤信号が灯っていると、クルマが一台も通っていなくても、必ず青になるまで待ちます。イギリス人なら、信号など無視してどんどん渡ります。日本はというと、いま挙げた国のなかではいちばんイギリスに近い。思考の経路が非常に似ていて、だから学ぶところが本当に多いと思います。

中西　日本人は世界でいちばん、イギリスを理解している国民かもしれません。英文学の人気が高いのもそうですし、日本ほどシェイクスピア劇を研究している国はありません。

藤原　たしかにアメリカ人は、あまりシェイクスピアを見ませんね。

中西　アメリカ人で見るのは、社交の場で目立とうというスノッブ階級だけです。そう考えると日本とイギリスは、「もののあわれ」とか「人生のはかなさ」といった感性で、由来はまったく違うのに、よく似たものがある。ただ現在の日本を見ていると、どうもアメリカ的論理主義にはまった人や、戦前でいうドイツ的論理主義のさらに出来損ないみたいなエリートばかりつくっている気がします。その結果、つねにそういうエリートによって、国を誤らせる方向に進んでいる気がして仕方ありません。

墨守するべき伝統ある国柄

藤原　イギリス人と日本人は、本当に深くわかり合えるはずです。そこで私は一九〇二年の日英同盟に続き、「第二次日英同盟」を結ぶべきだと提唱しています。とりあえず軍事は省いて、文化や貿易面で、まず同盟関係になるのです。

数年前にこの話をイギリスのある上院議員にしたところ、「なかなかいいアイデアだ。ただしそのときはオーストラリアやニュージーランド、インドなど、コモンウェルス（イギリス連邦）の国々も入れて、中国を囲むようにしよう」といわれました。たしかにそうすれば、中国にとっては本当にいやな存在になります。イギリス人というのは、よく考えているなと思いました。しかもそのようにすれば、アメリカに対して、対等に物がいえるようになるというのです。アメリカを一人勝ちにさせてはいけませんからね。日本とアメリカが緊密な連携をとる必要はありますが、いまのような、すべてをアメリカに決められてしまう状態は避けなければなりません。

中西　たしかに中国に対するときだけは、アメリカという国は完全に信頼を置けるとはいえません。一方イギリス人にすれば、ロシアに対するときだけは、アメリカは信頼できないと思っている。アメリカは単純な論理主義ですから、ロシアや中国の「欺《ぎ》瞞《まん》の文化」に簡単に騙《だま》されやすいのです。またアメリカは国内自体が国際社会みたいな国ですから、キッシンジャー外交のように、われわれにとっては「背信」が国の体質みたいに感じられるところが時としてあるのです。アメリカを唯一信頼できるのは、それが彼らの国益にかなっているときです。「アメリカは理念や価値観を大事にする」などといわれますが、それは国内論議をするときの話で、外交には関係ありません。

藤原　歴史的に見ると日本はアジアの一国といえず、現在でも少し疎外《そがい》されているところがあります。イギリスも同じで、イギリスでヨーロッパといえば大陸のみを指し、自分たちは入りません。しかも日英両国とも、アメリカとの関係が非常に重要です。そうした点からも外交上手なイギリスからは、いろいろなことを学べると思います。

中西　アメリカが必要としている度合いにおいては、イギリスより日本のほうが強いと思いますが、アメリカとの関係のとり方では、彼らのほうがじつによく考えている。イギリス人ほど世界中で「わかりにくい」といわれる人種はいませんが、日本人にはわかりやすい。ですから、英米関係から学べるところはたいへん多いのです。

藤原　ユーモアも、アメリカのジョークより、むしろ日本の落語に近いような気がします。もともともっているユーモアの感性が似ているんです。

中西　そのうえでさらに日本人は、イギリス人から学ぶべき点があります。たとえば「真実と現実のどちらが大事か」と聞かれたとき、イギリス人はためらわず、「現実」と答えます。こうした点が、日本人にはまだ徹底していません。これは明治以後、アメリカとドイツの悪い影響を受けたためでもあるでしょう。

大学で議論する場合も、イギリスの教授会では「当面の問題だけを決めておけばいい」と考えます。つまり目先のことさえ徹底させれば、原則はおのずから定まると信じている。それで私がイギリスから帰って、「とりあえず目先のことだけ考えましょう」と教授会の場でいったところ、「無原則なことをいうな」と周囲から集中砲火を浴びました。そのあたり、大学の文化も役所と同様、日英はまだ対極にあって、そのため日本では、会議に延々無駄な時間を費やし、挙げ句の果て、たいへんな非効率に陥っている。

藤原　確かに教授会では原理原則に拘《こだわ》る人がよくいますね。それに拘らない人は「いい加減な人」と思われる。国際会議での司会者としてイギリス人は、アメリカ人よりもはるかに能力が高いと思います。イギリス人は落としどころを発見するのが、本当に上手です。これも原理原則をあまり重視しないからかもしれませんね。

学問の世界でもそうで、フランスの数学は非常に抽象性を追究していき、やがて壮大な論理を構築していきます。ドイツはドイツで、土台のがっしりした論理の構築を行なう。ところがイギリスは、まず具体的な問題から発して、それを解くためには抽象的な論理でも何でも利用するという態度です。

いつも地に足をつけて考え、行動するような態度だからこそノーベル賞学者も数多く輩出しているのだと思います。ケンブリッジだけでも戦後、四十以上のノーベル賞を取っています。学問でさえ、現実的、具体的なところに宝物が落ちているのです。

中西　イギリス人と抽象的なものの是非について話をすると、ときどきデカルトの話題になります。デカルトは十七世紀前半のフランスの哲学者ですが、当時のイギリス人は彼の出現に大きなショックを受けます。「彼の哲学は壮大な体系になっていく。われわれもデカルトを採り入れなければならない」といわれ、大陸の普遍主義にコンプレックスをもったのです。ところが十七世紀後半になると、「あんな抽象的な体系至上主義に擦り寄ると、自分たちの強みがなくなってしまう」と考えを改め、「ではわれわれの強みは何か」と一生懸命考えはじめるのです。その結果、彼らは間違っていたとわかったら、かつて処刑した王様の息子を連れて来て、新たな王に据えます。さらにそのあとの王がおかしなことをすると、今度はもう処刑せずに平和的に追放した。それで辻褄《つじつま》が合わなくなると、議会主義を唱え、「議会が選んだ王様」という矛盾したことを考え出し、自分たちに都合のいい人物を外国から連れて来て王位に据えた。論理矛盾もいいところです。

だから当時のルイ十四世王朝のフランスなどから見たら、非常に無原則な王政です。「つぎはぎだらけで何の体系もない」、そうヨーロッパ中から悪《あ》しざまにいわれる。それでも「これこそが自分たちの強みである」と徹底して開き直った。するとその瞬間に、素晴らしい可能性がたくさん出てきたのです。ニュートンの登場もそうですし、議会政治や産業革命もこの「開き直り」から生まれたものです。自分たちの強みに特化し、開き直ることこそ、その国の文明の活力を高めることにつながるのです。

藤原　たしかに古典力学はニュートンがほとんど一人でつくりだしたものですし、電磁波理論のマックスウェル、原子物理のラザフォード、進化論のダーウィン、経済学のケインズなど、以後のイギリスでは大天才がどんどん現れます。発明にしても、先に紹介されたコンピュータのほか、レーダーなどがあります。すべて具体的な研究から出てきたもので、そこには「抽象論では大陸にかなわないけれど、自分たちは自分たちのテリトリーで独創する」といった開き直りもあるでしょう。

そしてイギリス人にはもう一つの強みがあります。それは伝統を重んじることです。たとえばケンブリッジ大学のコレッジでの公式ディナーは、いまもニュートンの時代とまったく変わりません。黒いガウンを着て、ハイテーブルで、ろうそくの薄暗い灯のもと、ドラの音とともにお祈りをしてから始めます。非常に伝統を大事にしていて、それがかえって時流に流されない、斬新《ざんしん》なアイデアを生み出すもとになるのです。あるいはいつも伝統にひれ伏しているから、反作用として知的な世界で爆発的な独創性が出るともいえるでしょう。

だから日本における先の「皇室典範改正問題」で「万世一系を絶つ」というような議論を聞いて、本当に頭を抱えてしまいました。「皇統の万世一系」は日本の伝統中の伝統ですから、それを捨て去ろうとする人の感覚は、私にはまったく理解不可能です。

以前ケンブリッジ大学のディナーで白鳥の肉を食べたときに聞いたのですが、イギリス中の野山の白鳥は全部ロイヤルファミリーのものだそうです。だから私が食べた白鳥も宮内庁のようなところから大学が許可を得て調理したもので、これは十二世紀から続くしきたりだということです。もちろんイギリスの野山の白鳥は全部王室の所有物ということの論理的根拠は何もありません。それでも十二世紀からずっと守りつづけている。これがイギリスのすごさです。伝統にひたすら跪《ひざまず》く。しかも跪くだけではない。跪いていること自体が嬉《うれ》しくてたまらない。白鳥の話をしてくれた教授も、胸を張って「十二世紀から続いている」といっていました。

中西 表面上はお芝居をしている感覚なのでしょう。どこかふざけて楽しんでいるようにも見える。しかし根っこではたいへん深い真剣さがあって、伝統を墨守することで、現実にどのような効用があるかをよく知っているのです。

政治の世界でいえば、伝統的なシステムを墨守することで、一見魅力的だが、よく考えると危険な思想が入ってきたり、実際に効果があるのかどうかがわからない改革論に飛びつく愚かな人が現れるのを防ぐことができる。きわめてよく現実を見据えた知恵の営みが、「伝統を守る」ということなのです。

かつての日本人にもそうした「伝統の現実的効用」がわかる感性がありました。ところがいまの日本人はそうした根太い常識や知恵の感覚を失い、さまよいはじめている。皇室典範改正問題は、その典型中の典型です。「女系天皇を認める」とした有識者会議の報告は、私には気が狂っているとしか思えませんでした。

藤原 「皇統の万世一系」は国柄中の国柄ですからね。イギリス人は、そのような国柄を大切にすることがイギリスの底力の源であることをよく知っています。だからそれを墨守する。日本も素晴らしい国柄を保ってきたわけで、とにかくこれを守らないといけません。それが日本人の誇りや自信にも直結するのです。

中西　藤原先生も異を唱えておられる「英語教育を小学生に」という議論も、自分たちの強みを進んで捨てる、まったく愚かで軽薄至極な発想というしかないですね。日本語も皇室と並ぶほど重要な、日本の国柄の根本をなすものです。それを軽んじようとする現在の教育改革論は、まさに「三段論法は地獄への道」を地で行くものです。

震源地は霞ヶ関のようですが、いまの霞ヶ関は危険な三段論法の虜《とりこ》になっている気がします。「国際化の時代だから英語が必要だ。英語は小学生から教えれば得意になる。ゆえに小学校で英語教育を行なうべきだ」と考えている。皇室典範改正問題についても、同様の三段論法で考えているから、まったくおかしなことになるのです。

藤原　小学校から英語教育をしたら、日本から国際人がいなくなります。やはり国語を中心に日本の文化や文学、伝統をきちんと学ばせて、祖国に対する誇りや郷土愛、家族愛をしっかりもたせる。そして小学校の高学年から徐々に、重点をシフトさせていく。中学、高校では日本史と近代史の二つを必修にする。小学校から高校まで全体を通したカリキュラムを組むことが必要です。人間の発達にきちんと合わせ、どうすれば立派な日本人が生み出せるかを考えていくのです。

中西　先ほどの岡潔先生の話もそうですが、やはり自分の強みをとことん追究したところから、ものすごいパワーも引き出されるのです。

藤原　岡先生は毎朝、数学の研究に取り掛かる前に一時間、念仏をあげていたそうです。そうすると物事がだんだん透明に見えてくるそうです。そして日本の「わび・さび」を研究したうえで、数学の研究に取り組んだ。伝統の力をきちんと認識することがいかに重要か、日本人は再認識しなければなりません。

真実を述べる勇気《アレーテー》を持つ日本人に

曽野綾子（作家）

日本もかつては貧困だった。貧困の中で多くを学び、「幸せ」を求めて必死でがんばってきたはずなのに……。物質的には「豊か」になった今の日本、しかし、その豊かさは私達にとって、はたして「幸せ」なのか。

子供を傷つけない「ゆとり教育」がもたらしたもの

藤原　いま、教育改革、教育改革と盛んに論じられ、授業科目や教員の採用システムの見直しなどいろいろと言われていますが、私はそんな制度の手直しだけでは、もはやどうにもならないと考えています。「戦後民主主義教育」を根本的に見直し、出直さない限り、何を改革してもうまくいかない。

教育に関する審議会に呼ばれて出席することがありますが、そのたびに、かえって絶望の色は濃くなっていく。そうした審議会には、一応、日本を代表する知性といわれる人々が集まり、官僚が支えているのでしょうが、彼らはもはや本質を直視し正しい方向へ改革する能力を失っているのではないか。

では、いま、日本の教育を覆《おお》っている最大の病弊とは何か。それは「子供中心主義」です。「子供の個性を尊重せよ」「自発性を育《はぐく》む」「子供の人権」と、現在、もてはやされているスローガンは、すべて子供が中心に据えられている。私に言わせれば、

「子供の個性」のほとんどは、悪い個性なんですね。野菜を一切食べないとか、親の手伝いをしないとか、テレビやケータイで毎日六、七時間も遊ぶとか、授業中に歩き回ったり、私語をやめないとか、嫌なやつをぶん殴るとか。要するに「わがまま」の言い換えに過ぎない。私は原則的には、子供の個性は踏みにじれ、という立場なのです（笑）。

曽野　賛成です。そもそも教育というものは、子供が嫌だろうと何だろうと、大人の側から少なくとも最初だけは高圧的に与えるものだと思います。そうでなくては、しつけや教育というものははじめから成り立つはずがない。でも、嫌なやつをぶん殴るのは、昔は男の子たちのほとんどがやってきたことじゃないですか（笑）。

藤原　では、弱い者をぶん殴る、としましょうか（笑）。

いい個性のほう、たとえば算数ができるとか、かけっこが速いとか、弱い子に優しいといった個性は、もちろん伸ばすべきです。しかし、そんなこと、わざわざ目標に掲げるまでもない当たり前のことでしょう。むしろ、いまの学校で推進されている「平等教育」なるものでは、徒競走で手をつないでゴールさせたり、成績の良い子を褒めなかったりと、いいほうの個性を殺すための教育になってしまっている。

曽野　そもそも学校には個性を伸ばすような力はないと思いますね。むしろ、学校の先生に叱られても、親に止められても、それを逆に糧として伸びていってしまうものが、真の個性でしょう。

藤原　だとすると、「子供の個性を尊重せよ」というスローガンは、ますます意味がない。その実体は「子供の将来に責任を負わず、わがままを助長する」教育でしかありません。

やはり親や教師は、言葉遣いでも、暮らしのなかのしつけでも、自分が本当に正しいと思っている価値観を、時に威圧してでも押し付けるほかない。これは、問答無用で構わない。嘘《うそ》をついたり、小さな者や弱い者に暴力を振るったりしたら、子供をいきなり張り飛ばす。少なくとも六歳か七歳までは、そうやって家庭できちんとしつけなくては、学校教育のみならず、人間としてうまく成長することができない。

子供のうちは、理屈抜きに大人に従わせる。そして、長ずるにしたがって、そこから脱皮し、自分なりの価値観を発見すればいいのです。これはまったく正常な成長過程でしょう。生まれてから十歳ぐらいまでの間に大人に教え込まれた価値観は、長じて自分の価値観を形成するために必要不可欠な踏み台となります。「子供の個性尊重」は、実は子供が本当に自分なりの価値観を作っていくのに必要なものを奪っている。百害あって一利なしです。

ところが、文科省も日教組もそして国民も、この「子供中心主義」を圧倒的に支持している。その枠組みで何を改革しようと、教育は良くなりようがありません。

私が中教審で臨時委員をつとめていたときのことです。当時はまだ「ゆとり教育」などというものはなくて、文部省も国語、算数をきちんと教えるという方針で、指導要領にも「基礎・基本をきめ細かく指導する」と書いてありました。私が「それはいいことだが、それだけでは足りない。『きめ細かく、かつ厳しく指導する』とすべきだ」と提案すると、教育学の御大といわれる人物が立ち上がって、「厳しく指導したら、子供が傷つくおそれがある」と反論するんです。これには驚きましたね。別の委員会では小学一年生に「学校」という漢字を教えたら、難しいから傷つくという議論まであった（笑）。

曽野　人間が傷つかずに生きていけると思っているんですね。

藤原　傷ついて、それに耐えることを通じて、子供は「我慢力」というものを養っていくのです。

その「子供を傷つけない」教育の帰結が、「ゆとり教育」でしょう。文科省や日教組は「詰め込み教育」を敵視し、授業時間の削減や教科書を薄くすることに血道を上げてきましたが、「ゆとり教育」導入前の一九九四年〜九五年の調査でさえ、日本の小中学校における算数・数学の授業時間は、国際平均を下回っていました。「ゆとり教育」が導入された二〇〇二年で見ると、中学三年生の理科・数学の授業時間はアメリカの二百九十五時間、オーストリアの三百九十時間に対して、たったの百五十八時間に過ぎません。こんなことでどうやって科学技術立国日本を支えていくのか。三桁《けた》×三桁を小学校で教えないのは、できない子が傷つくといけないということでしょう。

曽野　これは私がいつも言っていることなんですが、人間は幸福からも不幸からも学ぶんですね。快いことも嫌なこともすべて糧となるのが教育だと思っています。だから、子供には成功も失敗も体験させればいい。ところが、いまの教育は失敗を極端に恐れている。その意味で片手落ちだと思うんです。

もちろん、一応は健康なほうがいい。勉強も出来るにこしたことはない。だけど、病気だったり、体が弱かったりする子供や、ひとつの科目がまるっきりできない子供が、健康優良児や全優の優等生が学べないものを身につけることはよくあるんです。私のように、算数がまるっきり出来ないからやむなく小説家になる（笑）。健康でなければいけない、優等生でなければいけないと決めてしまうことが、いまの教育の一番の貧しさだと思います。

人間にとって傷つくことの究極は死ですね。だから、宗教を教える学校では、かならず生徒に死について考えさせます。生と死が一体となって人生なのですから、傷つく、不快というものを一切経験させないとしたら、これはもう人生に学ぶことを放棄しているのと同じことですね。

藤原　日本は言霊幸う《ことだまさきわ》国ですが、教育に関してはこれが欠点にもなっている。というのは、日本人があまりにも美辞麗句に踊らされやすい、ということです。「生きる力を育む」とかね。生きる力なんて、ブタにもアメンボにもありますよ（笑）。「個性の尊重」もそうですが、「独創性を育む」という言葉も空疎《くうそ》で、無意味きわまりない。九九もできません、漢字も書けませんという状態で、独創性や創造性をどうやって育むのですか。

そんなことよりも、小学生には漢字をビシッと叩《たた》き込んで、足し算、引き算、掛け算、割り算を教え込む。それから、小数、分数……。

曽野　その辺で勘弁してください（笑）。私、算数ができないからいつも耳が痛いの。

藤原　なかでも、最も重要なものは、読みですね。極言すれば、本さえ読めるようにしてやれば、学校なんて要らない。自分で書物を読んで、考えていけばいいのですから。

曽野　私は文化には、能動態の文化と受動態の文化があると思うんです。いま、隆盛を極めているのはテレビやゲームなど、どれも受動態の文化ですね。これは、とにかく楽なんです。

しかし、やはり受け身の文化からは何も生まれてきません。読書は、自分で本を選び、一行一行目で追って、その意味を自分なりに考えなくてはならない。自分から能動的に本とかかわっていないと、楽しめない文化なんです。

藤原　私に言わせれば、朝起きてから眠るまで、一ページも本を読まないという人は、もう人間ではない。ケダモノである。人間とケダモノの違いは、本を読むか読まないかなんです。

曽野　大賛成です（笑）。たしかに読書を抜くと、今の若者たちの暮らしではあとはケータイとセックスと食事でしょう。このごろは犬も服を着たり、シャンプーしたりしていますから、本こそが人間性の最後の砦《とりで》となるんですね。

藤原　子供を傷つけないようにすると、まず忍耐力がいっさい生まれません。すると、必ず読書離れが進行するでしょう。なぜなら曽野さんが言われたように、テレビのような受動態の文化と異なり、活字をひとつひとつ追うには、やはりある程度の「我慢力」が必要だからです。

ところが、けしからんことに、最近、小中学校の教科書を開いても、夏目漱石や森鷗外がまったく載っていないんです。生徒には難しい、という理由で、完全に追放されてしまった。これぞ亡国の教育です。

曽野 難しいからこそ、読ませるべきなのに。昔は見栄《みえ》で『中央公論』なんか持って歩いていたのよ。

藤原 そうなんですよ。

曽野 難しい漢字にはルビが振られていて、子供でも大人の本を読んでいましたね。意味がわからなくても、読んでいるうちになんとなくわかってくる。私、菊池寛は小学校の三年生で読んでましたよ。『真珠夫人』なんて面白くてやめられない（笑）。母の足音がすると、パッと机の下に隠すんです。そうやって親に隠れて読む苦労をしたから、読書の味は蜜《みつ》の味でした。

藤原 私は中学校一年生の時、叔父さんの本棚にあったファン・デ・ヴェルデの『完全なる結婚』を盗み読みしました。用語が全然わからないのに胸がどきどきしました（笑）。

貧困がない現代だからこそ厳しい教育を

藤原　昨今の学生の活字離れには目を覆いたくなります。月に一回、ちゃんとしたレストランでフランス料理を食べなくては生きていかれない、などという学生が、月にただの一冊も本を読まない、と言う。こんなケースはざらですよ。

曽野　お茶の水女子大の学生が、ですか。

藤原　はい。この間、私のゼミの学生で、新田次郎を知らないのがいたんで、頭に来ました（笑）。

曽野　それは読書力的にも、世間を渡る能力としても、問題ありですね（笑）。

藤原　実は、私はこの十年ほど読書ゼミを開いているんです。数学だけを教えるのにも飽きてきましたから（笑）。そのとき読ませるのは、主として明治に書かれたものですね。新渡戸稲造の『武士道』、内村鑑三の『余は如何《いか》にして基督《キリスト》信徒となりし乎《か》』、それから福沢諭吉の『学問のすゝめ』や『福翁《ふくおう》自伝』。そうやって読んでいくと、本当に学生が変わっていきますね。

つまり彼女たちは、小中高と戦前否定の教育を受けてきているのです。戦前の日本は外国を侵略しただけの本当に恥ずかしい国だ、と教えられてきた。たとえば、学徒出陣の特攻隊員は、彼女たちに言わせると「せっかく大学まで行きながら、軍国主義に洗脳され、『天皇陛下万歳！』といって犬死にしていった哀れな人たちだ」となってしまう。ところが、『きけ　わだつみのこえ』（岩波文庫）を読ませると、そこに出てくるのは、特攻出撃を前にして田辺元《はじめ》や万葉集を読み返す若者なんですね。そして、父母兄弟や恋人、新妻にあてて、情感あふれる素晴らしい文章で手紙を書いている。そこには、中国の奥地で「なぜ、こんな戦争を戦わねばならないのだ」と軍部批判まで書かれている。すると、ゼミの学生たちは、特攻隊員たちが同年代の若者でありながら、圧倒的な教養を身につけ、自分たちより精神的にもはるかに成熟していることにショックを受けるんですね。そして、三、四カ月経《た》つと、逆にコンプレックスを感じるようになる。「戦前の日本人はすごい。私たちは史上最低の学生だ」という真実に気がついてしまうわけです（笑）。

曽野　そこに気がつくだけ、救いがありますよ（笑）。

藤原　そう、それが一縷《いちる》の望みです。大学生になってからでも、きちんとした本を読めば、それを理解するだけの力は、いまの学生にもある。学徒出陣したエリート学生たちだけではなくて、明治政府が「封建遺制」と全否定した江戸時代にも、素晴らしい文化が栄え、世界的なレベルの文学や数学などが花開いたことを知ると、「現代が一番進んでいて、今の人々が一番偉い」という傲慢《ごうまん》さを、みんなあっという間になくしていきます。

また、理数離れもやはり我慢力不足が最大の原因なのです。社会の教科書なんかは寝っ転がってハナクソほじくりながらでもわかりますが、理科や数学はそういきません。やはり机に向かって、鉛筆片手に取り組むしかない。

曽野　私が数学できない理由がわかりました（笑）。

藤原　しかも、ほとんどの問題はすぐ解けないんですよ。これに耐えられる我慢力を培《つちか》わないと、理数系に進む人材はいなくなってしまいます。

曽野　私の孫がまだ小さいときでしたが、草むしりをさせたらちっちゃい指で何時間でも草を摘み取っているんです。はなはだ非効率なんですけどね。ある人にこの話をしたら、「あっ、それであなたのお孫さん、一生食えるよ」と言われました。私は、その言葉に感動しましたね。ああ、良かった、うちの孫は食えるそうだ、って。

藤原　そうなんです。数学や自然科学関係の学問をするのは、ひとつひとつ草を取り続けるようなものですよ、それも一生。これは最先端のハイテク技術の開発にも言えることだと思います。

だから、我慢力を低下させる子供中心教育はどこかでやめないと。

曽野　いま、病気をしたり、貧しい人たちを「負け組」と呼びますね。これも、教育から傷つくことや不快なことを排除した結果でしょう。私たちは「病気も神の与え給《たも》うたひとつの試練であって、ひとつの人生である。私たちは自分たちが得ていないものを数えないで、あるものを数えよ」と学校で教わりましたから。

藤原　たしかに、貧困はある意味で最大の教師で、戦後日本にはある時期まで貧困があったから、国を保てたともいえる。たとえば、他人の不幸に対する敏感さ、思いやりにしても、貧困が身近なものであれば、学校で教える必要は何ひとつない。私たちの子供の頃には、農村地域では学校に行きたくても野良《のら》仕事を手伝わなければいけない子供や、弟や妹が医者にかかれなくて死んでしまうといったことが珍しくありませんでした。そこまではいかなくとも、お腹《なか》がすいたけど食べるものがない、なんて当たり前でしたからね。

曽野　私の夫の三浦朱門はよく子供時代の話をするのですが、彼が育ったのは東京の三多摩地域の農村でした。夏休みの宿題で日記を書かされるのですが、三浦朱門はずるい男で、ずーっと放っておいて最後の二日で全部書いてしまう。まず毎日の天気だけ人に写させてもらう。それから、最初から一日一日書いていったのでは、一気に書いたことが文章の調子でバレてしまうので、パッと開けた頁の日記を書いては一度閉じて、またパッと開いて書く（笑）。そういう悪知恵を働かせた日記が先生にホメられるんですって。よくできている、というので、みんなの前で読まされるわけです。そのとき、「三浦に比べて、お前はなんだ」と叱《しか》られた男の子がいた。彼の日記は「八月一日　子守り」「八月二日　子守り」「八月三日　子守り」。それしか書かれていなかった。その男の子は大きくなって、戦争で支那《しな》大陸に行って亡《な》くなった。この話になると、三浦はやっぱり普通の声では話せない。自分が知的環境に恵まれたところに生まれて、いかに小ずるく暮らしてきたか、そのおぞましさを自覚させられるからでしょう。でもそれは、三浦が子守りの男の子から受けた大きな〝贈りもの〟なんです。

藤原　感動的な話ですね。私の小学校でも、給食費が払えなくて昼食の時間に砂場で遊んでいる子がいました。これはこたえますよ。その子も傷つくし、見ている子供たちも傷つく。食べ物のないような時代には、あえて子供に我慢力をつけさせる必要はないのです。だからと言って、昔に戻せというのは……。

曽野　意味がありませんね。豊かなほうがいい。

藤原　だから、今こそ厳しい教育が必要となる。身の回りに貧困がなくなった現代だからこそ、我慢力を身につけるためには、人為的にでも苦労をさせることが必要なのに、いま、教育の現場でもてはやされている「個性の尊重」や「子供を傷つけない教育」は、完全に逆のことをしているわけです。

曽野　それもあって、私はボランティアを教育に、と唱えているんです。誰もが好きで他人のために働くのではないかもしれませんが、それでも他人の困難に触れさせ、反応させる価値が、特に若い時にはあると思う。

藤原　私は、戦後民主主義教育が推奨した「三つの平等」が、日本の教育を破壊したと思います。

第一が子供同士の平等、これが競争否定の教育を生みました。

第二に、先生と生徒の平等です。上下間の権威がなくなり、秩序の崩壊を招き、教え教えられるという基本的な関係が成り立たなくなった。いまや全国の公立の小中学校では、教壇すらありません。「先生と生徒は友達関係であって、上下関係ではない」というのですから。

曽野　子供の側からすれば、「先生なんかと友達になれるか」と言いたいでしょうね(笑)。生徒のほうから先生を差別してやればいいのに。

戦後、日教組が自分たちのことを「聖職者」ではなく、「労働者」と言い出しましたね。私は、あの瞬間が決定的な教育崩壊のスタートの日だったと今でも思っています。

藤原　それによって、教師は自分で自分の首をしめたわけです。上下関係を否定したから、子供たちに対するおさえがきかなくなって、ついには学級崩壊を起こし、授業さえも十分に立ち行かなくなった。そして平等主義に基づいて学校群制度を導入し、エリート公立高校を否定した結果、私立受験校が有名大学の合格者数上位を独占するようになってしまった。すると、今度は「金持ちしかいい教育を受けられなくなった」として、「格差社会、教育機会の不平等」と非難している。平等が不平等を生んだことに気付いていません。

そして、第三が教科の平等です。国語、算数、理科、社会、図工、音楽、体育、生活、家庭は、みなどれも同じように重要だ、というイデオロギー、あるいは不見識が、日本の教育を決定的に歪《ゆが》めてしまいました。小学校において重要なのは、一に国語、二に国語、三、四がなくて五に算数。他の科目はすべて十以下といっていい。

文科省で「小学校から英語を教える」とか、「パソコンを導入する」という政策が、さも最先端の教育のように喧伝《けんでん》されましたね。しかし、私はこれは大間違いだと思います。小学生が英語を学ぶことで何かいいこともあるかもしれません。パソコンだって出来ないより出来たほうがいいかもしれない。しかし、学んだほうがいいことを挙げていけば、百でも千でも並べることが出来る。

では、学校教育を考える上で一番忘れてはならないことは何か、といえば、時間には限りがある、ということです。小学校の授業時間は、一週間で二十数時間しかありません。国として最も重要な問題は、その限られた時間で何を教えるのか、優先順位を決めることなのです。そうした観点からいえば、日本の小学生にとって英語やパソコンの優先順位は、はるかに下なんですよ。

人間の知的活動で根幹の部分であり、それなしには成り立たないものは何か。それが読み書きそろばん（算数）であることは論を俟《ま》たない。こんなことは、江戸時代の寺子屋の先生がすでに喝破していたことです。画一的教育だろうと、詰め込み教育だろうと、とにかくこれらを子供たちに叩《たた》き込まなくては全くお話にならない。その上で、長ずるに従い、興味も分かれてくれば、各種の専門的な教育を与えればいいのであって、小学校では読み書き算数に、全授業の三分の二くらいをあてるべきなのです。

曽野　読み書きそろばんの能力は、国家や社会にとってもまさに生命線ですね。アフリカが貧困から脱却できない理由のひとつは、そこにあります。私がアフリカ諸国で得た結論から言えば、電気のないところに民主主義国家は成立しません。じゃあ、電気がくればいいのか、というと、アフリカの最貧国では多くの人々が機械を扱うことが出来ない。文字が読めないからです。識字率が五割をはるかに下回る地域では、医療にしても大変です。薬を渡して「大人は二錠、子供は一錠よ」と言っても、「分からないから、また来週来ます」。国家を運営しようにも、工場を稼働《かどう》しようにも、まず名前を書いたプレートを与えて、それを理解させるところから始めなくては、いかなる管理も成り立たないのです。

パブリック・スクールは「我慢力」養成所

藤原　明治の日本が、ものすごい勢いで近代化を成し遂げた鍵《かぎ》も、やはり識字率にありました。何しろ明治維新からたった三十七年で、世界最大の陸軍国ロシアをやっつけてしまったというので、アジア、アフリカをはじめ世界中の人々が日本の真似《まね》をしようとしたのですが、どこにも真似できなかった。何故《なぜ》なら、日本は江戸時代、すでに世界ダントツの識字率を誇っていたからなんです。

幕末に日本を訪れたイギリス人の手記などを読むと、日本を植民地にしようと思ってやって来たら、江戸の町では町人たちが本を立ち読みしている、こんな国はとても植民地にできない、と記されています。世界一の繁栄を誇ったロンドンの識字率が二十五から三十パーセントといわれた時代に、江戸だけでも千数百、各藩にも二百とか三百の寺子屋があって、全国平均で五十パーセントの人間が読み書きができた。高い教育水準こそが日本のスタート地点であり、国家として生き延びていく最大の強みだったのです。逆に言えば、もし教育がダメになってしまったら、唯一《ゆいいつ》の資源である人材を失って、もう日本には何も残らない。

曽野　それにしても、こうした日本の伝統を破壊し、戦後教育をここまでダメにした責任は誰にあるのか。戦後教育における日教組というのは、大東亜戦争における軍部と同じくらい罪が重いと思いますね。

藤原　私は、日本の戦後教育は米ソ、すなわちGHQと日教組という二つの勢力によって破壊されたと考えています。悪平等主義教育を主張した日教組の背後には、モスクワのコミンテルンがあった。そして、アメリカ主導のGHQの最大の目的は、日本が二度と自分たちに歯向かわないようにすることですから、そのために「日本の戦前は暗黒だった」と決め付け、文化や伝統を否定し、日本人の日本人たる根幹を破壊しようとしたのです。そのために押し付けたのが、「戦後民主主義教育」にほかなりません。敗戦直後、日本の国柄の破壊という点で、米ソの思惑は完全に合致してしまったわけですね。一国を滅ぼすのに武力は要らない。教育さえ破壊すれば、熟した柿《かき》が落ちるように自然に滅んでくれる。それが今の日本の惨状だと思います。

曽野　それでもこの六十年間、日本がなんとか滅びなかったのは、学校教育とは関係ないところで、日本人の叡智《えいち》を伝えてきた人たちがいたからだと思うのです。職人と呼ばれる人たちや、職業の現場などで地に足をつけた営みを続けてきた人たちが日本を支えてきた。そうした叩き上げの人たちが活躍できたという点が、戦後の日本の強みでもあった。でも、そんな職人気質《かたぎ》の持ち主が軽んじられるようになってくると、いよいよ日本は危ないですね。

藤原　私はすでにそうなっている気がします。たとえば住宅にしても、いまではアメリカ型のプレハブ住宅のようなものが大半を占めていますね。そうなると、建具屋さん、左官屋さん、経師屋《きょうじや》さんもどんどん潰《つぶ》れていく。仕事がないから、息子たちも後を継がない。

もうひとつ、戦後の日本をかろうじて支えてきたのは、戦前に旧制中学、旧制高校で育ち、エリートとしての自覚と教養を身につけていた人々ですよ。だからこそ、GHQは旧制高校を目の敵にして、解体してしまった。

しかし、戦後、日本社会の中心で頑張ってきた旧制高校世代も十数年前に定年を迎え、次々と引退していった。これは日本にとって大きな痛手だったと思います。今また復帰してもらおうにも、もう年を取りすぎていて無理だし（笑）。

やはり国家がきちんと立ち行くためには、次の二つの条件を満たすようなエリートがいなければなりません。ひとつは、卓越した総合的な判断力と大局観を持っていること。そしてもうひとつは、いざとなったら国家・国民のために命をも捧《ささ》げる気概があることです。こういうエリートがいて、はじめて民主主義も機能すると思うのです。

曽野　見栄《みえ》でもいいから、参ったと言わない人ですね。

藤原　そうです。特に外交ではそうした人材が不可欠でしょう。アメリカが理不尽な要求をしてきても、中国や韓国、北朝鮮が歴史問題を持ち出してきても、一喝できるようなエリート。

私は日本が、スターリンや毛沢東にうまくだまされたとはいえ、中国を侵略したのは確かだと思います。しかし、それを永遠に謝り続ける、というのは明らかにおかしい。イギリスはインドから三百年以上も搾取《さくしゅ》してきたし、アメリカだってメキシコ相手に、ネバダ、アリゾナ、ニューメキシコ、カリフォルニア、テキサスを侵略して奪い取った。ロシアも中国も同じです。世界の列強は例外なく十九世紀以降に侵略の経験があります。それでも、イギリスがアヘン戦争やインド支配に関して、中印に今さら謝罪するなどということはあり得ない。

その意味でも、旧制高校世代の政治家のほうが筋が通っている人が多かった。戦後でも昭和二十年九月には、鳩山《はとやま》一郎は、「アメリカは日本軍が残虐《ざんぎゃく》だというが、原爆はどうなのか」と問うています。降伏から一カ月しか経《た》っていない占領下で、占領軍に対してああいうことが言える政治家がいた。東京裁判で勝者による一方的な裁きの違法性を指弾した清瀬一郎弁護人もそうです。

曽野 私は、鳩山さんや清瀬さんのような主張をすること自体はそれほど難しいことではないと思います。何故なら、それは真実だから。ところが今や、真実を述べる勇気を持つ日本人が激減してしまった。私はよく言うのですが、勇気はギリシア語で「アレーテー」といいます。優越、男らしさ、徳、勇気、奉仕、貢献、すべて「アレーテー」なんです。今の日本人にはこの「アレーテー」が欠けている。この「アレーテー」を育てることは、何も難しいことではありません。われわれ大人がそれぞれ本当に思ったことを言うだけでいい。

藤原 ところが、戦後社会では、平等の名の下にそういった「アレーテー」を否定し、さらにエリートという存在は良くないものとされてしまった。「武士道精神」も消滅寸前です。まさに、GHQの思う壺《つぼ》なのですが、最近になってようやくイギリスのパブリック・スクールのようなエリート校を日本にも作ろうという動きが出てきましたね。

パブリック・スクールのエリート教育は伝統的には三本の柱から成り立っています。まず文学。それも古典をきちんと勉強する。それから数学で、論理的な思考を養う。三番目にスポーツ。それによって、忍耐やフェアな精神、仲間とともにひとつの目標を勝ち取る組織論を培《つちか》う。日本もその点は見習うべきでしょう。

曽野　全寮制のいいところは同居者に困らされることでしょう？　この「困らされる」という言葉に含みがあって、「世の中にはおっかしなやつがいるものだ」と思えば寛大になれるし、「あいつは馬鹿《ばか》だ」と思えば他山の石にすることができる。それに、日常生活をともにすることで、それこそ箸《はし》の上げ下ろしまで他人の目にさらされる。二十四時間一緒にいることで、自他ともに「人間」が丸裸にされてしまう。それがまたとない教育になる。

藤原　イギリスはろくな料理が出てこないから、全寮制のパブリック・スクールなんてテーブルマナーを食べているようなものですよ。

曽野　それが外交などに影響してくるんですね。食事をしている時の振舞いから、その人が人生に相対している姿、腰の据わり方まで、意地悪くじいっと見ていると思いますよ。

藤原　パブリック・スクールの寄宿舎生活は、まさに「我慢力」の養成場ですよ。先輩に理不尽なことを言われたりして、それをぐっと耐えたり……。

曽野　昔のパブリック・スクールって、冬、トイレに入ると便座が冷たいじゃないですか。そこで下級生に座らせて、温めさせたんですってね。なんとよくできた人間暖房機……（笑）。

藤原　冬でもベッドルームの窓を開けっ放しで寝させたりしますね。そういった数々の理不尽に我慢して、エリートとなっていく。

先に、現代の日本は恵まれているからこそ、苦労を意図的にでも子供に課さなくてはいけない、と述べましたが、この真理をイギリス人はずっと前からわかっていたんですね。だから、恵まれた階級の子弟が集まるパブリック・スクールで、「意図的な苦労」を体験させていたわけです。そうやって鍛えられているから、イギリスの政治家で賄賂《わいろ》などを受け取ったというスキャンダルは非常に少ない。ただ、最近亡《な》くなりましたが、ソ連と関係のあったコールガールとの情事で失脚したプロヒューモ元陸相のように、女性がらみのスキャンダルはたくさんあります（笑）。彼はイートンと並ぶハーロー校の出身でした。いくらエリート教育を受けても下半身の方はいかんともしがたい面が……。

曽野　いいですね、「我慢力」も金の誘惑には負けないけれど、美女には勝てないところがまた救いですね（笑）。

藤原　ただし、プロヒューモは政界引退後、四十年近く慈善活動に従事して勲章までもらっています。やはり、パブリック・スクールの教育によって養われたものがあったからでしょう。そうしたエリート教育によって培われてきたのが、いわゆるノブレス・オブリージュ（高貴な者の義務）です。いざとなったら国のため、国民のためには命をもなげうつ覚悟をもってこそのエリートなのです。

　第一次世界大戦のとき、オックスフォード大学にモーズリーという二十七歳になる物理学者がいました。彼は翌年のノーベル賞が内定していたほどの天才でしたが、「自分はパブリック・スクールでエリートとして育てられた。いざというときには国のために自らを捧げる義務がある」と言って、原子核の発見でノーベル賞を取った師のラザフォードが止めるにもかかわらず、最も危険なトルコ戦線に志願し、ウィンストン・チャーチルの指揮する無謀なガリポリ半島での戦いで戦死してしまった。

曽野　生き長らえて大学者となるよりも、自らの自由な選択のもとに神に愛される道を選んだ。感覚として、美学としてよく分かります。

藤原　ケンブリッジやオックスフォードからはそうした人材が次々と志願して、戦場の露と消えていった。パブリック・スクールを舞台にしたジェームズ・ヒルトンの『チップス先生さようなら』にも、第一次大戦が始まって、チップス先生が日曜の礼拝で前の週に戦死した教え子の顔を思い浮かべながら、戦死者名簿を読み上げていく場面がありましたが、こうした精神がいまもイギリスでは受け継がれているのでしょう。

曽野　イートン校などには、校内の壁面に戦死者の名前を刻んだ銘碑がありますね。私たちはみな、先立って生き、そして死んでいった人々に連なって、この世に生を受けた。そのことを日々、目《ま》の当たりにして、イギリスのエリートたちは育っていく。日本の大学でも学徒出陣で戦死した学生の名を門に刻むべきだと思います。

藤原　賛成です。かつての日本にも、このノブレス・オブリージュに非常に良く似た倫理がありました。武士道精神です。イギリスのエリートの倫理であるジェントルマンシップでも、日本の武士道精神でも、重要視される徳目は共通しています。すなわち、忍耐、誠実、慈愛、勇気、正義、名誉、惻隠《そくいん》。ともに、その本質はやせ我慢なんですね。

日本人がかつての誇りを取り戻すために

曽野　いま、日本では社会の格差が広がっている、という議論が盛んになされていますね。朝日新聞などでは、海陽中等教育学校（イギリス・イートン校をモデルにした愛知県の全寮制私立学校）は学費が年に三百万円もかかる金持ち学校だ、エリート教育は格差を助長する、といかにも日教組的な批判を浴びせていますが、私には、この「格差社会」というものが、もうひとつよくわからない。

というのは、人よりもたくさん辛抱して、成功した人がより高い収入や地位を得るのは当たり前ではないか、というのがひとつ。もうひとつは、私は一九三一年に生まれたのですが、物心ついて以来、いまほど自由で豊かな社会はないんです。お金がなくても、病気になっても、親がどんな人だとしても、そこから抜け出そうと思えば、さまざまな機会が用意されている。本を買うお金がなくても図書館に行けば、ただで万巻の書物が読めます。戦前の日本では、いま挙げたハンディキャップは、運が悪ければ容易に死に繋《つな》がるほど重いものだった。

「いまの日本が貧富の差が大きく、貧しい人たちはそこから抜け出す機会を奪われている」という議論は、せいぜいこの二十年くらいの日本だけを見ている人たちのとても近視眼的な意見ではないか、と思えてなりません。

藤原　一口に格差といっても、大きく二つに分けられると思います。ひとつは、曽野さんが言われたように、それぞれの能力や努力に応じて、収入が異なる。これは当然のことで、あってよい格差でしょう。

いま、日本で問題になっているのは、アメリカのように、なんでも市場原理主義によって決められ、その勝者が富と権力と知的財産を独占する一極集中型の社会といってもよいでしょう。これは問題だと思います。

もともと日本は全く違う世界でした。支配階級の武士のほとんどは権力と教養はあるけれど、お金はなかった。金を見下していた。フランシスコ・ザビエルが日本に来てびっくりしたのは、金持ちの商人が貧しい武士を尊敬するという光景でした。戦後日本はなんでもアメリカ式に傾斜していて、最近、その傾向が加速しているように思えます。アメリカ型の「金を持っている奴《やつ》が一番偉い」という文化です。

曽野　オリンピック選手の反応などを見ていても、まったくアメリカ的ですね。「オリンピックを楽しみたい」という選手はいても、一人でも「皆様に送り出していただいたのに、メダルを獲《と》れなくて申し訳ございません」と言った選手がいないんですね。

そう言ってくれたら、こちらとしても、「そんなこと、ありませんよ。皆さんが元気でやって来てくれれば、私たちも嬉《うれ》しい」と言うのが日本人だったのに（笑）。

藤原 彼らも一種のエリートなのですから、日本の期待を背負っているんだという気概を少しは持ってくれないと困りますね。

曽野 私もそう思います。彼らを送り出すために、税金も含めて、さまざまな人がさまざまなバックアップをしてきた。それを自覚した人間になってほしい。

「自分を褒めてあげたい」なんて、誰が最初に言い出したのか、気持ちが悪い言葉ですね。ああ言われたら、こちらは「ああ、そうですか」と言い返すしかない。自分自身への評価は沈黙のうちにするべきことです。そもそも「褒めてあげたい」という日本語が間違っている。正しくは「褒めてやりたい」ですよ。「子供にお菓子をやる」のであって、「子供にお菓子をあげる」のではない。

藤原 いい齢《とし》した大人の使う言葉ではありませんね。

曽野 それと、いまの日本の教育で欠けていると思うのは、「人を疑え」ということですね。それは他人を拒絶せよ、ということではない。むしろ、人間を信じ、人間とかかわりを持つためには、まず疑わなくてはならないのです。たとえば、子供が知人に誘拐されたり、殺されたりする事件が起きると、必ず「人を信じられないとはなんと悲しいことでしょう」というコメントが登場しますが、人はもともと信じられないものなんです。

藤原　そういうコメントをする人も、外出するときには毎日、鍵《かぎ》をかけますね。しょせん人間とはそういうものだ、と認識して、付き合っていく以外にない。防衛も同じです。

「人を疑え」という教育が欠けているというのは、日本が情報に関して非常に杜撰《ずさん》で無防備な国であることからもわかります。自衛隊や警察など、さまざまな官庁から情報が流出する事件が続いて大問題になりますが、そもそも私が呆《あき》れているのは、国の機密に関わることでもアメリカ製の情報システムに安易によりかかって平然としていることです。「これでは日本の重要情報はアメリカに筒抜けになる」と考えるセンスがまったくない。

曽野　うちでは、夫が子供に嘘《うそ》を教えていましたよ。子供が四歳くらいのころまで、「お前、かまぼこってどういう魚か知ってるか？　あれはな、海にポイッポイッと板を投げておくと、怠けもんだから、その上にペタッペタッと乗っかるんだよ」（笑）といった作り話をさんざん教えていました。すると、やがて子供が親の言うことを「ほんとかな？」と信じなくなった。これもまた子供に、「親の言うことでも鵜呑《うの》みに

する な」という重要な真実を教えたわけです(笑)。

藤原　親子は会話をもつことが大切で、たとえ嘘が入っていても構わないのではないでしょうか。私の母なんか、私が中学生の時も高校生の時もずっと三十五歳でした。

日本について随分と悲観的なことばかり話してきましたが、衰えたとはいえ、日本人の国民性にはまだまだ救いがあると思います。

たとえば阪神淡路大震災のとき日本で略奪が起きなかったといって、欧米で非常に騒がれたことがありました。私は、ほんまかいな、と思って、数年前に神戸市役所に問い合わせたんです。すると、震災で陣頭指揮をしたという職員が、「一度も見聞きしなかった」と答えてくれました。武士道精神において、火事場泥棒は泥棒のなかでもとりわけ罪が重い。泥棒は不正である。人が困り果てている時に盗みをする火事場泥棒は不正に加えて、卑怯《ひきょう》であり、惻隠の情を欠く、最低の行為である、と。昭和二十年八月九日に起きたソ連による満州侵攻が典型です。火事場泥棒を嫌悪《けんお》するという倫理が、エリートだけではなく一般の大衆レベルで日本人の中にまだ残っているのは、諸外国にはない日本の強みでしょう。そうした価値観を心の底に持っている限り、「子供中心主義」をはじめとする悪《あ》しき教育方針さえ直せば、日本人はかつての誇りを取り戻すことができるはずです。

山田太一（脚本家・作家）

人間の弱さを感じること　傷つくことで得る豊かさ

「人間の弱さ」を「美しさ」として描き続けた木下恵介《けいすけ》監督の話題から、溝口健二監督「雨月物語」、ラフカディオ・ハーンの怪談まで。

日本人の美的感受性、情緒力を、映像的に語り合う。

人間の行き過ぎを揺り戻すには？

藤原　初めまして。今日はよろしくお願いします。

山田　昔、小さな賞の選考で、お父様と御一緒していたことがあるんですよ。何年かにわたって毎年一回ずつお目にかかっていました。本当に古武士みたいな風貌《ふうぼう》の、頑固な方でした。

藤原　そうですね。家族は頑固さに時々困らされました。

山田　息子さんが数学者におなりということは、もちろん知っておりましたが、回り回ってやっぱり武士道に戻られたのかと、ちょっと感慨がございました。『国家の品格』はとても面白く読ませて頂きました。

藤原　どうもありがとうございました。ほとばしる気合いで書いたような本なので、紳士の山田さんには対談を断られるのではないかと、実はヒヤヒヤしていたんです。

山田　基本的なことでは、教えられるところがいろいろありましたし、共感したところも沢山ありました。しかも、最も合理の世界であるアメリカへ三年間いらしていて、それからイギリスを経験なさって、その結果として最後に武士道に戻ってくるというプロセスもとても納得できました。

私自身は「武士道に戻るべきだ」とまでは思いませんけれど、今の時代に対する腹立たしさのようなものは、共通していると思います。

藤原　すでに獲得された自由とか平等とか、そういうものが行き過ぎになっているので、ちょっと揺り戻しをしたいという思いもありました。テクノロジーもそうです。人間というのは何でも行き過ぎますからね。

山田　その歯止めを何にするかということは、かなりの人が問題意識を抱いていると思います。その一つとして武士道を提出なさったというわけですね。

藤原　そうなんです。ただ、武士道精神を広げるといっても、今七十歳以下のほとんどの人は武士道精神を教えられていませんよね。『国家の品格』に記しておいた卑怯、惻隠《そくいん》、名誉と恥、もののあわれ、なつかしさ、あるいは家族愛、郷土愛、祖国愛、そういうものを教える人のいない時代です。具体的にどうするかが、非常に難しい。

実は、それに対する答えは一つしかないと思っているんです。読書文化の復活と活字文化の復活です。教える人がいない以上、口を通して伝えていくことは無理です。

小さいときからいろいろな叙情小説を読んで涙を流すとか、美しい詩を読むとか、暗《あん》誦《しょう》や朗誦などを通して、懐《なつ》かしさや郷愁といった情緒だけでも体得してもらう。万葉集の頃から、日本にはすばらしい詩歌がいっぱいありますから、そういうものを読んでもののあわれなどに触れる。

武士道精神にしても、別にバイブルがあるわけではないですから、それにのっとった人々の行いとか生活を、文学を通して感動の涙とともに胸に刻み込んでいくしか方法はないと思います。

山田　学校の先生が肉体化していない言葉で語っても、生徒には伝わっていかないですからね。

藤原　生徒に「武士道精神だ」とか言ってる一方で、校長にゴマすっていたりしたら、ウソだってバレちゃいますから（笑）。

山田　そういう「情緒」とか「精神性」のように、形のないものをどうやって伝えていくのか。全能であると信じ込んでいる人間の恣意性《しいせい》に、どうやって歯止めをかけていくのか。これは本当に難しい問題ですね。私にはちょっと考えがあって、一つの手段は「人間の弱さ」を感じることじゃないか、と思っているんです。

藤原　と言いますと？

山田　例えば、洪水が起こると、人間は非常に無力であることを思い知らされる。地震が起きて、愛する人が死んだり、住んでいた家が崩壊したりすると、非常に無力感にとらわれる。結局、生身の人間にとっては、「それ以上行ったら壊れてしまうよ」という極限があると思うんです。経済のグローバリズムは、こういう洪水や地震のような極限の事態を、普通の人々に日常的に強いているのではないか。グローバリズムは人間をもの凄《すご》く壊しているように思いますね。

藤原　それは同感ですね。

山田　前にリニアモーターカーの実験で、速さ自体はいくらでも出せるんだけれども、その速度になると乗っている人間がみんな死んでしまうので、死なないところで止めなければいけない、という話を読んだことがあるんです。つまり、リニアモーターカーの場合には、「死ぬ寸前まで」という歯止めがはっきりしている。しかし、経済のグローバリズムはそうはいきません。人間にあたえているダメージが見えにくい。ダメージにもっともっと敏感でなければならない。つまり人間の可能性ではなくて限界の方に光を当てるべきではないか。過労死なども人間の弱さに自他共に背を向けている社会のせいでしょう。

藤原さんは、負数や無理数、虚数に対して西洋人が長く拒否反応を示していたのに、東洋はそれをすぐに受け入れたとお書きになっておられますが、これは儚《はかな》いものに美を見出す感性のなせる業で、そこは日本人の良さにも通ずるところがあると思うんです。西洋はプラスの発想ですから、限度がなければどこまでも行ってしまう。神がいれば「神が許さない」というところがあったのでしょうけれども、もう今は西洋人にも神はいなくなってきています。ですから人間には限界があることを再確認するためにも、もう一度、負の価値というか、「弱さ」というものを見つめ直してみる必要があるのではないでしょうか。

藤原　同感です。山田さんのお話を伺っていて、一つ思い出しました。私がコロラド大学に勤めていた時に知り合った、あるアメリカ人の女性の話です。彼女はスタンフォード大学に十六歳で入学したという非常に優秀な人で、日本にも二年ぐらい住んでいたんですけど、「日本に居ると穏やかな心になれる」と言うんです。アメリカでは絶対に弱さを見せてはいけない、弱さを認めてもいけない、常に強く生きていかなければならない。気を張って生きていないといけない。日本では弱さを口に出しても認められる。こんな国は欧米にはない。日本が大好きな理由はそこだ、と。このようなすばらしい特性というのは、「人間の幸福」ということにもつながっていくと思うんです。私はグローバリズムとか市場経済を徹底的に糾弾しているわけですけれども、あれもともとはアダム・スミスのころから、それぞれの人間が利潤を最大にするように利己的に働けば社会全体が神の手に導かれて……。

山田 予定調和ですね。

藤原 予定調和でこの社会がうまく回っていく、と。しかし、そこにあるのは結局は経済の論理だけなんです。人間の幸福ということはどこにもない。市場経済も全く同じです。いま、何をするにも「消費者のため」と言いますよね。消費者がよいものを安く買えることが最も大切だ。たとえばお米を安くするためには自由貿易を推進してお米をどんどん輸入するのがよい。そうすると日本から百姓はいなくなって、美しい田園が全部なくなってしまいますが、そうなっても仕方がない。消費者が半分の値段でお米を買えればいいじゃないかと、そういう論理です。

はっきり言ってしまうと、経済学の前提自体が根本的に間違っている。人間の幸福ということは全く考慮にない。人間の金銭欲のみに注目し、個人や国家の富をいかにして最大にするかしか考えていない。物すごい天才が出てきて、経済学を根本的に書きかえてもらわないと、地球はもたないと思います。

産業革命以来、西欧は論理、合理を追究しすぎて、「人間の幸福」ということを全部忘れてしまった。山田さんがおっしゃったように、日本は人間の弱味も直視し受容できるような文化を持っていますから、こういうもので世界に少しずつ影響を与えていく。そうすると、すごくいい刺激が世界に与えられるんじゃないかと思うんですね。それは、ここ二〜三世紀、世界を跳梁《ちょうりょう》した論理とか合理に対する非常に大きな補足といいますか、補完的な役目を果たすと思います。

山田　補完的な役目でもいいですが、もう一歩先に行って、前提をひっくり返してしまうというのもありかも知れません。

私が松竹の撮影所に入って助監督としてついていたのは木下恵介監督でしたが、木下さんは強い人を描かなかったんですね。弱い人を描いていた。弱いけれど美しいというんじゃなくて、弱いからこそ美しいという人を描いたんです。もちろん失敗作もありますし、すべてがうまくいってるわけではありませんが、基本的には、弱いから美しい、口ごもるから美しい、相手とコミュニケーションをすぐにできないから美しい、そういう姿勢を貫いていました。

藤原　なるほど。

山田　考えてみれば私たちは、開かれた人間関係や平等、公平、合理性などを求めている一方で、他方では「そんなことばかりじゃたまらないよ」と思っていますよね。それに反するもの、つまり閉じられた人間関係とか、閉鎖的な場所、それから弱さ。

そういうものを、実は僕らはとても必要としているという気がするんです。

木下恵介さんの作品は戦後の流れとは逆行していましたから、だんだん日本人から受け入れられなくなってしまったんですが、僕は木下さんの作品世界に強く共感しています。「閉じこもっちゃいけない」とか「開かれていなければいけない」とか、そういう考え方は非常に嫌いですね。「閉じこもりたい」というのはある種自然な感情ですし、不合理な人間関係だって望んでいるし、情やコネだって本当は嫌いじゃない。そういうものをすべてなくして何もかも合理的にするなんて、現実の人間社会ではあり得ませんが、それでもそちらの方向に偏《かたよ》り過ぎていくと、本当に幸福感がなくなってしまうと思いますね。

日本人には自然にひれ伏す畏怖心《いふしん》があった

藤原　ドナルド・キーンさんがこういうことを言っています。例えば生きているものが亡《な》くなってしまったり、古い建物が消えてしまったりすると、欧米の人でも悲しむ。しかし、儚いものに対して美を見出しているのは日本人だけで、これは日本人の独壇場だ、と。

こういう感性はローカルに思えますけれども、実はグローバルであって、非常に普遍的なんです。向こうの人がおくれているだけなんです（笑）。私は向こうの大学で何年も教えていて、実態を知っていますから、そう断言できます。日本のアニメが世界を席巻しているのも、無意識的にそういう美意識がにじみ出ているからかも知れませんね。

木下恵介監督のそういう発想は、うかがっていて、なるほどと思いますね。日本人は、そういうことをごく普通に受け入れますよね。

山田　アメリカ映画でも、ロバート・レッドフォードが監督した「普通の人々（オーディナリー・ピープル）」という映画があります。一番最後に、父親が玄関で息子と二人で座って泣くんですね。

藤原　ああ、そうでしたね。見ました見ました。

山田　あの映画は、当時ちょっと話題になりましたね。アメリカの男が泣いたということで（笑）。

藤原　そうですね。あれは、アメリカらしくない、いい映画でした。

私の家にはヨーロッパの人がよく遊びに来るんですけど、彼らはアメリカ映画を見下していて、一切見ないんです。アメリカ映画というのは、日本ではよく受け入れられていますが、ヨーロッパのインテリは相手にしてない。私がイギリスにいたときも、友人が「フランス映画がすごい」とか言って、芸術的映画専門の小さな映画館によく連れていかれました。日本では上映されそうもないような難しい映画が多く、芸術的過ぎてよくわからなかったのですが、全裸の女の人が渓流の岩の上をぴょんぴょん跳んでいたシーンだけはよく覚えています（笑）。ヨーロッパの人は「アメリカ映画は子供用」と言います。確かに活劇的で、正が邪をやっつけるようなところがありますからね。

山田　移民国家である以上、誰にでも通じるストーリーが標準になった、ということなんでしょうか。

藤原　私はアメリカのホラー映画って全然怖くないんです。ところが、アメリカ生活の三年目に大学で映画祭があって日本映画をやったんです。戦争から帰ってくると、夢の中で奥さんとか知り合いが生きて出てきて、「ああ」と思うと全部消えちゃっているという映画を……何という題だったかな。

山田　溝口健二の「雨月物語」。

藤原　そうそう、「雨月物語」です。あれは亡霊が出てきて怖かったですねえ。いや、フランケンシュタインだとか、顔がゴニャゴニャになっちゃうホラー映画だとかと比べたら、それこそ千年くらい文化度が違うような。あの「雨月物語」くらい怖いことってなかったです。

山田　私は以前に、ラフカディオ・ハーンのことを『日本の面影』（岩波現代文庫）というドラマに書いたことがあります。ハーンもまさに、一見、役に立たないものを愛した人でした。人間中心主義の考え方に対して、もっと別種の力、超越的な力というものの存在を知るための入り口の一つが、例えば怪談だったのではないかと思うんです。

藤原　「耳無芳一」だって怖いですよね。私は高校生の頃に英語で読んで、鬼気迫るものがあった。確かに怪談は、人間中心主義というものに対するアンチテーゼなのかも知れません。日本という国には、昔から地震や洪水や台風が次々に押し寄せる。だから自然にひれ伏す。欧米のような人間中心主義は生まれようがない。そういう自分よりはるかに偉大なものに対しての畏怖心というのがありますよね。

なるほど、その入り口として怪談があるということですね。私は全然気づかなかった。

山田　死んだら蘇《よみがえ》ることはないというふうにわかっていても、例えばこんなジメジメした墓には入りたくないな、なんて思ったりしますよね。我々の心の中には非科学的な想念が沢山ある。そういう人間の感覚を、それは非合理非科学的だからと抑圧してしまうのは、人間の内面の真実の半分を無視して生きているような気がするんです。怪談にしても、実際にそういう話があったということではなくて、いわば過去に対する畏怖ですね、そういうことを感じる力がないと成り立たないわけです。

藤原　フランスのアンドレ・マルローが日本に来た時に、それと関係のあることを言っていますね。マルローは伊勢神宮にお参りするんです。伊勢神宮には、鬱蒼《うっそう》とした緑と清浄な五十鈴川《いすずがわ》に囲まれ質素な社が点在し、ヨーロッパのような豪華な建築は何一つありません。本殿だって千五百年前と同じでいたって質素な造りです。自然と神が一体化したような神域です。そこに日本人がお伊勢参りに行く。江戸時代の人口三千五百万人のうち、多い年は年に五百万人も行ったそうです。それだけ多数の人たちが、神と自然にひれ伏していたわけです。

ところが、キリスト教を信奉する欧米人たちは完全な人間中心主義で、自然というのは人類の幸福のために征服すべき対象です。しかし日本人にとっては、自然というのはひれ伏すもので、自分は自然の単なるほんの一部に過ぎない。アンドレ・マルローによると、ヨーロッパでもずっと昔はそうだったというんですね。

しかし、自然と人間が離れてしまい、自然が征服すべき対象になってしまった。欧米の閉塞感《へいそくかん》はそこから来ている。だから、人間が自然の一部であるという神道的な考え方が世界を救うと、彼はそこまで言っています。

山田　人間の理性が絶対的になった社会では、理性のアンチテーゼも自然ではなくて、「人間の狂気」だったりしますしね。本当に、どうしようもないくらい人間中心主義です。

今、自然がまた「思い知れ」と言っているような感じがします。

藤原　そうですね。人間よ威張るな、傲慢《ごうまん》さを捨てろ、と。こういうことに関しても、日本人というのは答えを幾つも持っていると思いますね。もちろん論理や合理や理性を否定したら何もかもおしまいですけれども、それを補完すべき重要なことを世界は忘れてしまっています。幸運なことに、日本はそれを忘れきっていない。けれども、外国に対して日本の美点を理屈で説明してもしようがないんで、いろいろな芸術作品であるとか、日本人自身が品格を取り戻すこととかで、具体的に示すしかありません。本当に深みのある国を作れば、世界中の国々が「どうして日本はこのような国を作り上げられたのか」という秘密を探るようになるでしょう。

山田さんは平和主義者ですけれど、私はそうではないんで、ここは「日本の逆襲」と表現したいところです（笑）。

山田　もちろん私も基本的には賛成です。ただ、農村を守るとか、弱さを評価するとかいうことをしていると、経済的にはどうしても落ちていきますよね。「経済的には落ちているけれども格好いい」というところまで美意識を磨いていかないといまのグローバリズムに対抗するパワーにはならないように思います。

藤原　私が『国家の品格』の中で「国家の品格の指標」として挙げたのには四つあって、その中の一つが「美しい田園」なんです。昔からどこの国でも、国の情緒が低くなると、最初に泣かされるのは農民です。美しく保たれている田園は、農民が泣かされていないことの証拠ですからね。いま山田さんは「格好いい」と言われましたが、その「格好いい」をもうちょっと格好よく言うと「国家の品格」なんですね。

それから、文学とか文化とか芸術とか学問とか、何の役にも立たないものが栄えていることも「国家の品格」の指標の一つです。これがなくて経済だけが発展している国というのは、腹の底では世界中にばかにされるんですね。たかが経済です。日本の人口はこれから半分になりますが、GDPも半分になればいいんです。五十年前に比べたら、半分になったってまだ十倍ぐらいはあるでしょう。日本人は歴史的に貧乏には耐えていますから、何てことはない。それよりも、美しい田園を取り戻すことの方が遥《はる》かに重要だと、これまた闘争的ですけれども、政治家の首ったまをつかまえて教え込んでやりたいんです（笑）。

山田　ただ、そこにも難しい問題があります。例えば政治家で小泉元首相のような人が出てくると、昔のいかにも政治家っぽい人よりもいい、と判断される。これは情緒的選択ですよね。そうすると、その情緒の水準がどこにあるかが問われると思うんです。見てくれがイケメンだから内面もイケメンじゃないかとか、逆に変人だからこそ評価されるというようなことも起こる。人間を見る目という点で、その社会がどの程度の基準を持っているかが重要になるわけです。

あんまり言うと「お前はどうだ」と言われてしまうけれど、ブッシュ大統領（当時）の周辺にいる人たちは、僕にはみんな非常に悪相に見えるんですが（笑）。

藤原　悪人ですから、当然です。私はアメリカに長くいたから分かりますが、確かに信用ならない顔ですね。ああいう人たちとは絶対つき合いたくない。

日本の政治家もだんだん人相が悪くなりましたね。確かに社会が指導者の人間性を見抜くことはなかなか難しい。国民のそういうセンスが上がるということは、歴史上いかなる国においてもなかったわけですから。

山田　本の中でも、そういうふうにお書きになっていますね。

藤原　そうなんです。したがって、私はこれからもないだろうって書いてしまいましたけれども……。だけど、他国はともかく、日本だけはそういう国にしたいですね。そのためには、遠回りでもまずは読書文化の復興です。

山田 それは共感しますね。

藤原 読書さえしていれば、いろんな感受性は自然に発達してきますから。そうすると、よい芸術と悪い芸術、よい映画と悪い映画、よい漫画と悪い漫画、いろんなものを見分けるセンスが身につきます。大局観や人間観も培われる。もちろん実体験も重要ですが、本当に意味のある実体験というのは人間の一生でどれほどあるのか。本当に深い意志の疎通《そつう》ができる相手は、一生の間に居ても数人でしょう。その点読書なら、時間も空間も年齢も性別も超えて、いろいろな人と意志の疎通がはかれるわけですから。

人間の情緒力に飛び級はない

山田 実体験について言うと、マイナス体験が人格をつくることも多いですね。マイナス体験を技術で克服してしまうのはもったいない。例えば、不慮の出来事で近親者が死ぬとか同級生が死ぬとかいった時に、カウンセラーが入って、なるべく早く切り抜けさせたりするのは、とても間違っていると思う。

藤原　欧米の発想ですね。対症療法です。

山田　深く悲しむ、あるいは悲しめない、簡単に忘れてしまうことでも、人間は傷つきます。あんなに仲がいい友達が死んだのに、自分はこんなに回復してしまうのか、と。こういう傷つき方だって人格をつくりますからね。マイナス体験は、実は物すごく豊かなものを持っていると思うんです。

藤原　一ついい例があります。私がケンブリッジにいたときに、数学の講演を頼まれてオックスフォードに行ったことがあります。講演が終わった後、招待してくれた教授と一緒にお茶を飲んでいたら、十メートルぐらい先に中学生か高校生のような女の子がいた。「どの教授のお嬢さんですか」と聞いたら、教授のお嬢さんじゃなくてドクター論文を書いている十六歳の学生だというんですね。彼女のお父さんは、娘が五歳くらいの時に、数学の天才であると確信したそうです。そのルース・ローレンスという女の子は、十一歳でオックスフォードに一番で入って、十三歳で卒業して大学院に入り、十七歳でドクター論文を完成し、翌年十九歳で海を渡ってハーバード大学の数学科の講師になりました。全部世界新です。
お父さんはコンピュータ技術者なんですが、彼女はとにかく数学の天才だから、数学だけをやればよいという方針でした。もう数学、数学で本も一切読まない、友達とも遊ばない、それをやったんですね。けれど、十九歳でハーバードの講師になってから十数年経《た》ちますけれど、ここ十年間は全く名前を聞かないです。並の数学者になったのでしょう。

今おっしゃったようなマイナスの体験、寄り道とか回り道とか、それを何もしないで、ターゲットに向かって一目散で走っていくと早晩限界に行き当たりそうな気がします。幼稚園の砂場でトンネルつくって水流したり、友達とつかみ合いのけんかしたり、叙情小説を読んで涙を流すとか、失恋や片思いを経験するとか、そういうことのすべてがその人の情緒力になる。そして数学者の場合でも、最後の独創力というのはそこにかかっているんです。

ルース・ローレンスの場合、ドクター論文を書くというその分野の天井にまでは行っているんですね。しかし、研究者の場合は、これを上に突き破らないと意味がない。この独創力に必要なものこそ、情緒力なんです。したがって、今、山田さんのおっしゃられた、回り道とか寄り道とかネガティブな経験などのすべてが、長い目で見ると独創力の源泉になっているんですね。

小学校で創造性を養う教育なんてやる必要はないんです。それよりも、全く普通に悩んで、普通に泣いて、普通にけんかして、これが一番独創性にいいんですね。飛び級もしなくてよい。山田さんの話をうかがいそんなことを思い出しました。

山田　自然界は飛び級ができませんよね。それと同じで、人間も飛び級はできないと考えていいと思いますね。

藤原　特に情緒力はですね。技術力だけならいくらでも飛び級ができますが。私に三歳ぐらいの赤ちゃんを預けてくれたら、五歳までに微積分計算を教え込むことができますよ。そんなことは簡単です。しかし、将来数学者として独創的になるかどうかは、全く別の話です。

別に数学者や作家にならなくても、創造的な人生を送りたいのならば、いま言ったような一見マイナスに思えるような体験が非常に有益です。ルース・ローレンスだけでなく、数学者の世界には、早期教育の失敗例が山ほどある。五歳の大天才が二十歳でまったくの凡人になる場合も多くありますし、牢屋《ろうや》を出たり入ったりの人さえいます。まあ人間というのは、そこがおもしろい、不思議なところですが。

山田　情緒も、ただ「美しい」と感じるだけではなくて、その美しさのひだみたいなものが感じ取れるようにならないといけないと思いますが、それはさらに難しいことですね。ヨーロッパの田園を車で走っていると「本当にきれいだなぁ」と思いますけれども、ナポリのように洗濯物がいっぱいつり下がっている風景を美しいと感じる方が、もしかすると高度かもしれないという気もします。少し汚れているところがあるとか、ごちゃごちゃしているところがあるとか。

スズランの花というのはきれいですよね。でも、牛が食べると死んじゃうんだそうです。トリカブトの花も非常にきれいだというのを聞きましたけれども。つまり、きれいなものというのも、油断すると足をすくわれるというところがあると思います。「マンションで洗濯物を干すな」なんていうのはとんでもない間違いで、一律の窓に様々な洗濯物がかかっているから個別の人々の豊かさを感じられるわけです。それを「汚い」と感じてしまうのは、安っぽい清潔感だと思いますね。

藤原　そういう美観のひだ、情緒のひだというのは、私はやはり読書文化とかなり関係しているんじゃないかと思いますね。洗濯物がある、そこに生活を感ずる、人々の涙の堆積《たいせき》を感ずる。これはやはり文学的な美観だと思います。

あるいは恋愛にしても、例えば好きと嫌いだけだったら獣のような恋愛しかできないですね。片思いとか横恋慕とか一目ぼれとか、恋焦《こ》がれるとか、慕情とか、そういうありとあらゆる形態の恋愛があって、それに関する言葉が、日本語には千も二千もあります。こういうものにいろいろ触れて、それによって初めてひだが深くなる。その情緒のひだというのは、言語を通して獲得される。

山田　意識化するわけですね。

藤原　意識化ですね。例えばどこか外国の小さな露地へ入っていって、そこに鉢植えの花が咲いているのを見つける。それだけで、ここは花を愛する人の住む露地だ、だから危険のない露地だ、などと思うのは、やはり文学的な思考ですよね。情緒のひだを深くするという点でも、思考を深めるという点と同様、読書文化というものは非常に重要だと思います。

山田　ついでに言えば映画とか映像も。少し手前みそですが（笑）。

藤原　それは本当ですね。

山田　絵だってそうですね。

藤原　芸術はみんなそうですね。

山田　絵などをたくさん見ていると、初め余りきれいだと思えなかったものの方が深いということをだんだん感じて来たりするようになる。

藤原　文学や映画も含め、芸術はすべて、私の呼ぶ「高次の情緒」です。「高次の情緒」とは生まれつきではなく、家庭教育、学校教育、独学などの教育によって培われるものであって、単なる喜怒哀楽とは違います。山田さんのような感受性の鋭い人でも、例えば絶海の孤島に生まれて三十歳でいきなり美術館に連れてこられて美しい絵を見せられても、全然感動しないと思うんですね。やはり今おっしゃられたとおり、子供のころから本物に触れて、だんだん教育によって目が肥えていく、感性が鋭くなっていくものだと思うんです。そういう意味でも、教育の中で美的情緒を育てることは非常に重要だと思います。日本はそういう点では、本当に恵まれた国ですね。世界を圧倒するような文学を持っているし、映画も世界的に評価が高い。

数学の研究で最も重要なのも、美的感受性なんです。これが鋭いから、日本はあらゆる学芸の中で一番優れているのが文学で、その次が数学なんですね。日本は江戸時代のころから数学王国になったわけです。

山田　それは本当にすごいことですね。

藤原　すごいことなんです。関孝和《たかかず》なんて元禄時代のころに世界で初めて行列式の発見をした。鎖国のもとでですね。それから庶民までが和算の問題を解いたりして、解けるとうれしくなって神社に算額なんていうのをつくって掲げたりしていた。こういう優れた美観が備わっていて、数学が発達していると、その風下にある技術も発達します。明治時代から一気に日本が近代化を成し遂げたのは、江戸時代にその下地があったからです。文化的、精神的に大きな容量を国民が持っているということは、本当の底力なんですね。

欧米が日本を植民地にしなかったのも、圧倒的な道徳の高さをはじめとする一人一人の文化的底力を見たからなんです。そういう意味で、文化度や精神度、すなわち国家の品格を高めることは、防衛力にもなるし、世界を変えていく力にもなる。そういうふうに思います。

佐藤優（起訴休職外務事務官・作家）

アンテナが壊れシグナルが読み取れない日本

「起訴休職外務事務官」（対談時）の肩書きを引っさげて、対ロシア・インテリジェンスが登場。東西の諜報《ちょうほう》の世界の人物をテーマにノンフィクションを執筆中の藤原氏に、スパイ映画さながらの「現場」を告白。

機密情報をめぐる男達の攻防

藤原　佐藤さんには新潮ドキュメント賞の選考で『国家の罠《わな》』（新潮文庫）を読んで以来、ずっとお目にかかりたいと思っていたんです。いま私は連載の「知りすぎた男たち」（『小説新潮』）で東西の諜報の世界に生きた人間たちを描いていますから、ぜひ現場の生々しいお話を伺いたい。今日は取材のつもりで来ました。

佐藤　ありがとうございます。私のつたない知識と経験がご参考になるかどうか。

藤原　あの本を読んだことで、日本の外交や情報活動の現在が大変よく分かって面白かったんですが、あんなに書いてしまって大丈夫だったんですか。

佐藤　大丈夫です。実は『国家の罠』でも『自壊する帝国』（新潮文庫）でも、口外するなと言われたことは一つも書いていないんですよ。ロシアでは「口の軽い奴《やつ》は命も軽い」と言うんですが、そういう習性になっちゃったんですね。まだ話せないことはたくさんあります。外務省現役時代は家族にも何一つ言えませんでした。

藤原　そうなんでしょうね。数年前、イギリスで第二次大戦中に暗号解読をしていた数学者たちに取材したんですが、五十年前のことでも、聞かれると口ごもっちゃうんですよ。かつて自分が任務に当たる上で知った機密と、戦後、新聞や本などにのった暴露記事などで読んで知った機密が長い時間の中でこんがらがって、言っていいものかいけないものか分からなくなるんですって。

佐藤　特にイギリスのインテリジェンスの世界では機密厳守の宣誓を破ると、恐ろしいことになりますから。イギリスに行かれたのはアラン・チューリングの取材ですか。ナチスドイツの鉄壁の暗号を見破った天才数学者。『天才の栄光と挫折《ざせつ》』（新潮選書）で彼のことをお書きになってますね。

藤原　そうです。この連載でも後半にチューリングが登場します。

佐藤　彼は戦後、知りすぎた男として政府に邪魔者扱いされて悲劇の末路を歩みますが、私は彼の悲しい生涯に、国益というものの残酷さを感じてしまうんですね。藤原先生の取材した人たちも精神的な重圧を抱えたまま生きているわけですし。

藤原　暗号解読に従事していた人達にインタビューしましたが、彼等は機密についてはロごもるくせに、うっかり「ジャップ」と口にしたからおかしかった（笑）。私が日本人であることに気づくと、「あ、ジャパニーズ」とか慌《あわ》てて言い直すんですけれど「コノヤロー！」と思いました。同情して損した（笑）。佐藤さんもそうでしょうが、自分の仕事の内容を半永久的に口外できないという、すさまじいストレスはどうやって解消するんですか。

佐藤　アルコールに走る人もいますが、私の場合は知らないうちにバクバク食べて太るんです。ベスト体重は六十七キロくらいなんですが、一番ひどい時は百八キロまで行きました。今は刑事被告人（対談当時）ですし、ストレスが多いので九十キロ台。

藤原　でも、体重が激しく変動する人が、インテリジェンスの連中にはけっこういますよ。情報マンの優劣は個人的資質に頼る部分が大きいですから、個人が背負うものも大きいということですね。

佐藤　で、優秀な人には変人が多いんですよ。

藤原　やっぱり（笑）。

佐藤　外で気を遣うぶん、内ヅラが悪いというか、組織内で煙《けむ》たがられるケースがままあります。

藤原　分かる気がする。仕事の性質上、表立って功績を認められることも少ないですし、日本でも歴史的に見て情報マンというのは、軍隊内であまり出世できませんでしたからね。日露戦争まではちょっと違って、福島安正《やすまさ》などは最後、大将になりましたが。

佐藤　シベリアを単騎で横断した有名な人物ですね。

藤原　彼は明治時代最高の情報マンです。明治二十年にドイツ公使館付き武官になって五年ほど駐在するんですが、その間だれと付き合っていたかというと、諜報力がずば抜けていたイギリス人は当然として、実はポーランド人と親しくしていたんですね。当時のポーランドはロシアとプロシアとオーストリアに分割されていましたから、ロシアに不平不満を持って独立運動している連中がいた。ロシアを主敵と思っていた日本にとって、敵の敵は味方。ここに目をつけて食い込むというのはなかなかの情報感覚ですよ。

佐藤　そういえば、以前、暗号研究家の長田順行さんが『ながた暗号塾入門』（朝日新聞社）という本でポーランドと日本陸軍の暗号を巡る協力関係について詳しく書いていらっしゃいましたね。

藤原　非常に深い結びつきです。初代ポーランド公使の川上俊彦《としつね》は日露戦争当時、ウラジオストックで貿易事務官をしながら自分で作った暗号でロシア戦艦の動向を外務省に送ってたスパイなんですね。水師営《すいしえい》の会見では乃木《のぎ》大将とステッセルの間で通訳もしています。その彼が公使就任後、ポーランド暗号の権威であるコワレフスキー大尉を日本に招いて、陸海軍の精鋭に暗号のノウハウを教えさせたんです。

佐藤　そこで日本の暗号は飛躍的に強度が増したと言いますね。

藤原　アメリカなんか急に読めなくなったそうです。ポーランドとの関係がなければ、日本の暗号の近代化はずいぶん遅れていたでしょうね。

現在もモスクワから日本の外務省に情報を送る時などは暗号を使っているんでしょうけれど、それは外務省で作った暗号なんですか。

佐藤　そうです。

藤原　歴史的に見ると、外務省暗号は一九二一年のワシントン会議でも破られていたし、第二次大戦では戦前からずっと読まれていた。大島浩《ひろし》ドイツ大使の電文が片っ端から解読されたため、同盟国ドイツの降服が二年早まった、という人もいます。今使われている暗号の強度は大丈夫なんですか。

佐藤　暗号の専門家はみんな大丈夫と言うんですけれど、現場の人間は信用してません。暗号に「絶対」はないですし。

藤原　そう、暗号に「絶対」はないのに、なぜか使っている側はどの時どこの国でも「この暗号は絶対に解読できない」と思いこむ。

佐藤　結局、これだけハイテク時代になっても、ローテクの方が信頼できるんです。

藤原　ローテク？

佐藤　たとえば、非常に重要な情報が入った時はワープロやパソコンで文書を作ることはしません。ディスプレイ画面から出てくる微弱電磁波や、プリントアウト時に発生する電磁波から情報を取られることがあるからです。だから私は、裏写りしないよう気をつけながら手書きの、公信という手紙にしてクーリエ（外交伝書使）の手で本国に持って行かせていました。

藤原　なるほど、データも残らないし、盗まれない限りは安心ですね。

佐藤　あるいはクーリエに裏切られない限りは。それでも手紙はコピーを取られる恐れがありますから、本当に大事な書類の場合はクーリエも使わず、自分で運んでいました。実は、こうした情報感覚が非常に鋭かったのが、故小渕恵三《おぶちけいぞう》総理だったんです。電信なんか信用していなくて、「大事なことは口で言え。もしくは手紙にして絶対に盗まれないようにしろ」とよく言われました。

藤原　のんびりした印象の方でしたけれど、見かけによらないんですね。

佐藤　実に恐ろしい総理でした。印象に残っているのは一九九八年十一月、モスクワで行なわれたエリツィン大統領との首脳会談ですね。会談が二十分の休憩時間に入って部屋を出るときに、小渕さんはいきなり先方からノンペーパーと呼ばれる非公式の提案書を渡されたんです。面食らいながらも、鈴木宗男《むねお》さんの指示でその場にいた外務省のロシア語使いが手分けして訳してみると、日本が想定した五つの提案のうち、優先順位で下から二番目の提案が記されていました。それを聞いた鈴木さんが怒って、「総理、断固拒否です。椅子《いす》を蹴《け》って帰りましょう」と言うと、総理も「そうだ、これは話にならないな」と応《こた》えて本当に帰るような勢いだった。と、そこへ薄く開いたドアから私を呼ぶ声がするんです。行ってみるとパノフ駐日大使で、「佐藤、みんな怒ってるみたいだけれど、もう一回よく読んでくれ。すぐに返事しないでくれと書いてあるだろう。我々もギリギリ妥協しているんだから、ひとまず持ち帰って考えてくれ」と。

藤原　隣で聞いていたんですね。

佐藤　僕がその言葉を伝えると小渕さんと鈴木さんはニヤリと笑いました。すべてはこちらの作戦だったんです。会談では北方領土問題を話し合っていて、日本側は歯舞《はぼまい》諸島（現・歯舞群島）の元島民に生まれ故郷を一目見せてやってほしいと頼んでいたんですが、現在無人島になっている歯舞は四島交流の範囲外だと言ってロシア側は譲らなかった。そこを小渕さんは、余命いくばくもない老齢の元島民達の願いなんだから絶対に叶《かな》えてくれと、体調悪化で弱気になってたエリツィンが涙ぐむほど訴えかけたんです。その状況で「提案断固拒否」の情報を流せば、日本は本気で拒絶する気だと思われて先方の譲歩を引き出せるだろう。それを小渕さん、鈴木さんは一瞬の判断でやったわけです。あれは情報戦だったんですよ。

藤原　そんな舞台裏だったんですね。

『国家の品格』も駐日インテリジェンスが報告

藤原　佐藤さんのような情報の専門家を養成するにはどうしたらいいんですか。

佐藤　日本の問題点はまさにそこなんです。今の国家公務員制度だと二十二歳前後で試験に受かった若者が二、三年の研修を受けただけで定年まで働く。つまり二十五歳くらいまでに身につけた教養だけで、残り四十年食っていこうと言うんですから無理な話ですよね。例えばイスラエルでは、情報機関に勤める人間の三分の一を、常にどこかの大学や反テロ専門の教育機関などの研修機関に通わせるようにして教育を怠らない。日本にもそうした教育が必要ですね。

藤原　それに長い年月をかけて築く個人的人脈が絶対に必要でしょう。ある外交官は「佐藤さんが外されたことで、対ロシア外交は十年遅れをとる」と言っていましたが、外務省も佐藤さんのネットワークがなくなって困ってるんじゃないですか。

佐藤　いえ、本来、官僚というのは、誰がやっても同じことができる機構を築かなければいけない訳ですから、私がいなくなってもあるネットワークは維持できるように、暗号の基本概念や情報に関する基礎知識を教えて、私程度の情報活動ができる後輩を二十人くらい外務省の中で育てたんです。ところが、五年前（二〇〇二年）の外務省のあの騒動の時に一部の外務省幹部が、その人たちの名前を週刊誌にリークしてしまった。

藤原　何のために？

佐藤　二度と使えないようにするためです。佐藤優に近いと同時に、情報の訓練を受けた危ない奴らだということで、二十人のうち十八人が情報関係の仕事から外され、私がいた国際情報局も大幅に規模を縮小してしまいました。

藤原　驚きましたね。それこそ国益に反する行為じゃないですか。

佐藤　国益よりも情報を下手にいじることのできる人間が外務省にいて、また政治家と結びついたら危険だというんでしょう。それが彼らの省益観なんですよ。でも、政治家の目が届かないと、外務省というのは内側にばかり目が向いて、とんでもない組織になるんですけれどね。例えば、省員の士気を向上させようと「川口賞」なんてものを作ったり……。

藤原　カワグチ？

佐藤　川口順子《よりこ》元外務大臣のことですよ。半年に一回、いい仕事をしてる省員や部署を互選して賞品を出すんです。賞品、何だと思います？　赤いTシャツですよ。

藤原　そういえばあの人、よく赤い服着てましたね。

佐藤　赤は川口さんの勝負色なんです。バカバカしいことに、官僚たちはこのTシャツを巡って競争するわけですよ。

藤原　大いなるジョークですね。

佐藤　映画「ヒトラー～最期《さいご》の12日間～」で、ソ連軍が六百メートル先まで迫ってるというのに、ヒトラーの周囲は叙勲《じょくん》争い、後継争いを続けていた様子が描かれていますが、それと同じことです。その間に日本は世界から取り残されていくのに。

藤原　でも、情報収集は警察や内閣情報調査室、防衛庁（現・防衛省）情報本部など外務省以外のさまざまな機関もやっていますよね。おのおのが独自に得た情報を交換したり、集めて分析、判断するような場所はないんですか。

佐藤　政府合同情報会議というのがあるにはあるんですが、官僚だけでやっている限り日本的な省庁の壁は越えられません。それを統合するには政治家の強いリーダーシップが必要なのであって、私は具体的には副総理制を設けるべきだと思います。

藤原　その副総理というのは政治家からですか、それとも民間から。

佐藤　どちらでも。ただし政治任命にすべきです。内閣情報調査室を強化して情報収集のプロパーを育て上げ、そこから得た情報をすべて副総理に上げるシステムにするんです。万一、スパイ事件や情報漏洩《ろうえい》などがあった場合は、副総理が汚れ役を引き受けて、トップは責任を免れるシステムにします。これくらいやらないと、日本が情報を生かし切ることはできないでしょうね。

藤原　外務省の情報感覚の欠如はかなりのものなんですね。この前プーチンが来日した時も、領土問題なんか話し合いもしないし、どうしたんだろうと思ってたんです。

佐藤　あれもロシア側は話す用意があるのに、日本がシグナルを読み取れていない。外務省の現場を離れて五年、秘密情報など持たない私でも、例えば北朝鮮政府の事実上の公式サイトを見るだけであちらからのシグナルを読み取ることができますから、普通にやれば読めるはずなんですけれどね。

藤原　え、その北朝鮮のシグナルというのは何ですか。

佐藤　拉致《らち》問題に関して、人民保安省というところから二〇〇六年に入って二回ほど声明が出されてるんです。人民保安省は日本で言えば警察庁ですが、諜報《ちょうほう》機関（秘密警察）がメッセージを出すときにもよく使われます。第一の声明は「日本人による北朝鮮人拉致をこれ以上許さない」というもので（笑）、拉致実行犯の日本人四人の引渡しを外交ルートで要求しているとあるんですが、私はそれを、「拉致問題は外務省と話してもムダです。やっているのは我々人民保安省、つまり秘密警察ですよ。人民保安省と話をしないと進みませんよ」というメッセージと読みました。

藤原　ストレートに言えばいいのに。

佐藤　あの国は、求愛を恫喝《どうかつ》で表現する文化ですから（笑）。もう一つの声明は手嶋《てしま》龍一《りゅういち》さんの小説『ウルトラ・ダラー』（新潮文庫）に反応して、「日米の特務機関が協力して偽札《にせさつ》を作り、北朝鮮に入れているという証拠を人民保安省は握っている。わが国の転覆を図る謀略を断固許さない」というものです。これも実は、「『ウルトラ・ダラー』を使った反北朝鮮キャンペーンはもう勘弁して下さい。偽札、麻薬については、とにかく我々と話しましょう」というメッセージなんです。北朝鮮側は日本がなぜ応答してこないのか、奇異に思っているはずですよ。

藤原　こちらが激しくニブいということを知らないわけね（笑）。

佐藤　ロシアは一足先に気づきましたね。二〇〇五年、クレムリンの高官に言われました。「日本が我々のシグナルを無視するのは、どのような謀略かと脅威に思っていたが、ある時分かった。アンテナがぶっ壊れてた」と（笑）。ただ、怖いのは、こちらのアンテナが壊れてることを利用してむちゃくちゃな情報操作をやられることです。

藤原　それは最悪ですよね。断固阻止しなくちゃいけない。

佐藤　だから、永田偽メール事件なんか、もう一度検証する必要があると思うんです。あれは特定の記者が、おそらくは大した思惑もなくガセネタを作って、国会議員が引っかかっただけと国民は結論してますけれど、一番の問題点は、京大を出て松下政経塾で政治エリート教育を受けてきたはずの前原誠司《せいじ》代表（当時）が、その偽情報を見抜けなかったことなんですよ。もしこの偽情報が北朝鮮によって作られ、日本の野党を利用して与党幹事長の失脚を試みたんだとしたら、この謀略は成功した可能性があった。永田偽メール事件の検証は、与野党の壁を超えて真剣にやる必要があります。

藤原　しかし、最近出たばかりの『ウルトラ・ダラー』を、もう北朝鮮の関係者が読んでいるんですね。

佐藤　『国家の品格』も、日本駐在のインテリジェンス関係者が翻訳して本国に報告していますよ。ベストセラーの情報分析は彼らの大きな仕事で、私も発売から一カ月もしないうちに三カ国の人から、「あの本どう思う？」と聞かれました。もうロシア語にもなっています。

藤原 そうなんですか？ ちょっと怖いですね。

佐藤 ロシア人いわく、『国家の品格』はライプニッツとヴィトゲンシュタインを想起させると。例えば、「私の言っていることは絶対に正しい。しかし、私の妻は私の言っていることの半分は間違いで半分は思い込みだと言う」という記述には複数の「絶対に正しい」が存在する。これは、ライプニッツが唱えたモナドロジーの「お互いに出入りする窓がない」状態ではないか。それから、論理で割り切れることばかりではないというところは、ヴィトゲンシュタインの『論理哲学論考』の最後を非常に想起させる。ただ、国家体制とは論理的思考と非論理的思考の両方で成立しているのに、なぜ日本人は非論理の方しか評価しないのだろうと言っています。

藤原 そうなんです。あの本は論理の重要性をくり返し書いているんですが、非論理の重要性ばかりに脚光があてられる。論理だけでは説明できない情緒や形も重要だと言っているんですけれどね。

疑われた鈴木宗男氏との「特殊な関係」!?

佐藤 ロシア人は藤原先生のことを、西欧哲学を市井《しせい》の目線に翻訳できる現代思想家と捉えていますよ。彼らは専門書よりも、一般に流通する本に関心を持つ。そういう本が思想を作るからです。

藤原　ライプニッツやヴィトゲンシュタインはきちんと読んでいませんが、彼等は数学者でもあるから、私と同じようなことを考えたのでしょう。でも、そんなに研究されているんじゃや、そのうち目障《めざわ》りだって言うんで消されるかもしれない（笑）。

佐藤　その前には必ず段階的な警告がありますから、気づかぬ間に葬《ほうむ》り去られることはまずありません。大丈夫です。

藤原　それ、大丈夫なのかな（笑）。佐藤さんは、実際にその手の警告に遭ったことはあるんですか。

佐藤　ありますね。例えば、自分の家に飾ってある絵画が、ある日帰宅すると裏返っているとか、タバコを吸わないのに自宅の灰皿に吸殻が入っているとか。それ位だと薄気味悪いだけなんですが、次の段階からは実害を伴ってくるんです。長期旅行中に冷蔵庫の電源を切られて中の食品が腐ったり、車のタイヤがパンクしたり。

藤原　だんだん危険度が増していくんだ。

佐藤　さらに段階が進むと、これは私の同僚がやられたんですが、突然倒れてきた木に車をつぶされる。私自身は、車に細工をされてエンストしたことがありました。すべてモスクワで起こったことです。

藤原　そういう警告を受けたらどうすればいいんでしょう。

佐藤　しばらくは行動を自粛して、「メッセージは受け取りました」という反応を返さないといけません。ただ、あまりおとなしくしても、なめられますが。

藤原　さすがロシアですね。尾行されるようなこともありましたか。

佐藤　ええ。これもモスクワでですが、知り合いのロシア人と一緒に街を歩いていたら、彼が「前にいる二人連れはKGBだ。こちらを尾行しているね」と言うんです。めがねに仕掛けたバックミラーで後ろの標的を監視するのがロシア流なんですね。

藤原　尾行じゃなくて先行だ（笑）。

佐藤　そうそう、先行です。私たちのはるか後ろに指令車がいて、無線で指示していたらしい。その話をイスラエル人にしたら、「われわれも尾行の仕方はロシア流を取り入れてるよ」と笑っていました。

藤原　まるっきりスパイ小説の世界だなあ。今は世界中で誰もがケータイを使う時代ですから、尾行も楽になったでしょう。

佐藤　そう思います。盗聴も日常茶飯事でしたよ。私はモスクワ最高級のナショナルホテルというところで、明らかな盗聴にあったことがあるんです。

藤原　すぐに気づいたんですか。

佐藤　あれは誰でも気づくでしょうね。私がテーブルにつくと、前に置かれた透明なガラスの灰皿が金属の灰皿に代えられるんです。で、吸わないから下げてくれと言うと、代わりに燭台《しょくだい》を持ってくる。これもいらないと言うと今度は花瓶を持ってくる（笑）。あんまりおかしいので、その花瓶をスプーンで叩《たた》いてたら、その時同席していたロシア国会院（下院）対外諜報委員会に所属する国会議員から、「やめなさい。録音ならいいが、リアルタイムで聞いてる奴がいたらその音で耳が潰《つぶ》れそうになる。つまらない恨みを買うよ」と言われてやめました。このホテルはいわゆるハニートラップのメッカでもあって、日本の外務省の連中も結構やられてます。

藤原　美女を送り込んで関係を結ばせ、後から脅すやり方ですね。私も簡単にひっかかりそうだけれど（笑）、佐藤さんは大丈夫でしたか。

佐藤　それは大丈夫だったんですが、私の場合、東京地検特捜部の取り調べで女性関係のスキャンダルがあまりに出てこないんで、鈴木宗男さんと肉体関係があるんじゃないかと疑われまして（爆笑）。

藤原　すごい想像力ですね！

佐藤　一九九三年十二月に、鈴木さんがロシア選挙監視団の自民党代表としてモスクワに行った時、私が鈴木さんと同じホテルの部屋に泊ったことが「特殊な関係」の証拠だと言うんです。実はその日、テレビが二十四時間態勢で開票速報を流していたので、同時通訳を頼まれてそこにいたんです。私はソファに寝るつもりだったんですが、鈴木さんは気を遣ってエキストラベッドを入れてくれたんですね。そこで「あの部屋にはダブルベッドがあったのに、なぜそういう関係の私がエキストラベッドに寝る必要があったのか」と反論したら、検事はすぐに納得してくれました（笑）。冗談抜きで、ホモセクシュアルの問題はインテリジェンスの世界ではすごく重要なんです。いまだにホモセクシュアルだと分かれば現場から外されますから。

藤原　今でもそうですか。

佐藤　インテリジェンスの連中は、特別な情報を共有するような共同体ができることを非常に嫌がるんです。だから、第一に警戒されるのがユダヤ人。イスラエルとの二重忠誠を疑われるからです。第二にカトリック教徒。これも最終的にバチカンと国家とどちらに忠誠を誓うか疑われる。そして第三がホモセクシュアルなんですね。

藤原　たしかに彼ら独特のネットワークや信頼関係は、国家との信頼関係を上回る危険性があります。イギリス、アメリカはことのほか神経質ですね。マッカーシズムの嵐《あらし》が吹き荒れた時も公職から追放されたのはまず共産主義者、その次にホモセクシュアル。

佐藤 結局、国家というのはものすごく焼きもちを焼く存在なんですよ。愛は国家だけに向けてほしい。究極的には国家と家族のどちらを取るのか、というところまで要求してくる。

藤原 佐藤さんも鈴木宗男さんとの関係に嫉妬《しっと》されたのかもしれない（笑）。

佐藤 チューリングはホモセクシュアルだったでしょう。彼も憧《あこが》れの上級生の写真を掲げるだけなら見逃してもらえたけれど、ゆきずりの美青年と寝るに到って、国家の焼きもちが爆発したように思いますね。

藤原 旧ソ連を意識して米英が情報活動で協同歩調をとっていたため、アメリカのマッカーシズムがイギリスへ飛び火した面もあります。彼の死に方は謀殺か自殺か分からない不思議な死に方なんです。遺体の横に青酸カリのついたかじりかけの青リンゴが転がっていたっていうんですが、青酸カリ自殺ならじかに飲めばいいわけだし、ちょっとできすぎですよね。何人かのイギリス人に聞いてみたんですが、自殺だという人もいれば、ある上院議員のように「これは怪しいね」と言ってウィンクした人もいる。

佐藤 謀殺には流派があって、ＣＩＡの系統は交通事故、ＫＧＢの系統は自殺に見せかけるのがセオリーなんですが、イギリスの場合は流派が分からない。逆に言うと、それほど上手にやるんだと思います。

藤原 紳士の国イギリスは、伝統的に世界一の諜報大国です。相手をやっつけるのに武力を用いるのは愚で、情報戦により戦わずしてやっつけるのが賢い、という発想からです。イギリスは日清戦争の頃も、満州の吉林《きつりん》あたりに何十年も牧師を住まわせて、その人にスパイさせるとか、とにかくネットワークのスケールがすごい。

佐藤 民俗学者の柳田国男《くにお》さんも第一次世界大戦のイギリスのオペレーションに深く関与していたのをご存知ですか。大正時代に丸善から出た『是でも武士か』という本があって、これはイギリスの工作員が書いたと思われる反ドイツ・プロパガンダの謀略書なんです。これを柳田国男さんが名前を伏せて翻訳しているんですよ。柳田さんの対英協力については徳川慶喜《よしのぶ》の孫で、戦時中「日の丸アワー」という謀略放送をやっていた池田徳眞《のりざね》さんの回想録『プロパガンダ戦史』(中公新書)に詳しいです。ちなみに池田さん自身も戦前にオックスフォード大で旧約聖書を勉強した人なんですよ。

藤原 ところで、最後に佐藤さんに伺いたいのは、さっきも出た北方四島のことです。今後の見通しはどうでしょう?

佐藤 それはやり方次第です。実はそんなに難しい交渉じゃないんですよ。四島は日本領であり、これは原理原則だから妥協は一切しない、ロシアは日本との関係を正常化するために四島問題を解決するべきだとキチンと言うことです。

藤原　四島返還の突破口はありますか。

佐藤　あります。たとえばアイヌです。

藤原　アイヌ？　予想外ですね。

佐藤　いま国際的な流れとして、先住民が歴史的に住んでいた土地に対して自治を要求できるようになっていますね。例えばラスベガスでも先住民たちに資源、土地の利用権と自主権を認めています。

藤原　そうか、それをアイヌの人たちが主張すればいい。

佐藤　ロシアは先住民の権利を法的に認めていますから、北方領土に居住していたアイヌ人が声を上げれば国際法が味方してくれます。それから、私は大失敗だと思っている知床の世界遺産登録。あれも有効なカードになりえたんですよ。生態系は繫《つな》がっているんだから、知床、北方四島、ウルップ島と、あえてロシア領のウルップ島を入れて、日ロ共同提案の形で世界遺産にするべきだったんです。で、ロシアには極東の自然環境保護をやる余裕はないし、むしろ開発を進めてるわけだから、保護者たる資格なしと訴えて結果的には日本が北方四島の管理をもらっちゃうと。知恵を絞れば、お金をかけずにできることは山ほどあるんです。

藤原　やっぱり、佐藤さんには外務省に戻ってもらわなきゃ（笑）。今は、佐藤さんと総理大臣を繋ぐ鈴木宗男さんのような政治家はいなくなっちゃったんですか。

佐藤　あ、それはないです。何しろ私は刑事被告人ですから（笑）。

藤原　あ、そうか（笑）。佐藤さんご自身、国策捜査で刑事被告人にされて、正直なところどう思っているんですか。

佐藤　私は『国家の罠《わな》』でも、国策捜査がいかんとは一言も言ってないんですよ。国家として私を処理しなければいけないと決めた以上は徹底的にやるべきだと思うんです。そりゃあ、個人的には無罪を勝ち取りたいし、最後まで私は私の論理を主張します。しかし一方で、もし私が部分無罪でもとれることになったら、この国の威信はどうなる、という思いもあるんですね。

藤原　でも、読者からの無言の圧力で外務省の現場が変われば、それは十分に国家への貢献と言えるでしょう。今後も佐藤さんと私で、エキストラベッドには気をつけながら（笑）、日本を少しずつ変えていきましょう。

五木寛之（作家）

昔の流行歌には「歌謡の品格」があった

共に引揚げ体験を持ち、また戦前から戦後の歌謡曲に造詣《ぞうけい》が深い二人。懐《なつ》かしいあの歌、この曲を口ずさみながら、軽はずみには語れなかった引揚げ当時の記憶を静かに語り、品格さえあったかつての流行歌に思いを馳せる。

引揚げ体験の壮絶な記憶

藤原　五木さんが出された『わが人生の歌がたり　昭和の哀歓』（角川書店）、面白く読みました。この本で朝鮮半島から引揚げてきたお話を書いておられますが、私も引揚げを体験しています。それに昔の歌謡曲も大好きですから、今日は楽しみに参りました。

五木　私は平壌に住んでいましたが、藤原さんは満州ですね。

藤原　はい。満州国の首都、新京（現在の長春）です。父が気象台に勤めていまして。

五木　そうだそうですね。私は昭和七年生まれで敗戦のときは十二歳でした。藤原さんは？

藤原　昭和十八年生まれだから二歳になったばかりです。八月十五日は、平壌の北西にある宣川《せんせん》という町にいました。新京から日本へ引揚げる途中です。

戦時中は家族五人、本土にいる人々よりは恵まれた生活をしていたのですが、昭和二十年八月九日の深夜に、「午前一時半までに駅に集合せよ」と指令が出た。ほぼ二十四時間前、すなわち九日の午前〇時に突然ソ連が侵攻してきたのです。着の身着のまま、手に持てるだけの荷物を持って新京駅へ急ぎました。わずか数時間で世界が一変してしまいました。そのとき、いち早く逃げだしたのは関東軍将校の家族なんですよ。

五木　どこも同じだな(笑)。

藤原　次に逃げたのは満州国軍の日本人将校の家族。第一波、第二波の彼らは、手回しよくトラックを準備しており、それで新京の駅まで家財道具を運んでいました。三番目が私たちのような官吏とその家族。そして最後が一般の人々だったのです。

五木　平壌でも同じでしたね。軍の上層部や朝鮮総督府の高級官僚、大きな財閥に勤めていた人たちは、敗戦前から非常に早くニュースをキャッチしていたようです。山のように家財道具を積んで、どんどん列車で南下していきました。敗戦の前後、平壌の駅が非常に混雑していたのを覚えています。父は師範学校の教師でしたが、私たち一般市民は何も知らされず、呑気《のんき》に「いったい何だろう」と駅の混雑を眺めていたのです。

敗戦後もラジオで「治安は維持される。軽挙妄動は慎んで、一般市民は町にとどまれ」というニュースが繰り返し放送されたので、そのまま平壌にとどまりました。当時の私たちは、ラジオの言うことは国の指示だと思い込んでいましたからね。しばらくすると平壌の街へ満州から逃れてきた人たちが、群れをなして入ってきた。

藤原 満州でも新京の私たちはまだましなほうで、ソ満国境の近くにいた開拓団の方たちは大変だったそうです。虐殺《ぎゃくさつ》や集団自決もあった。

五木 平壌の街にも、ソ連兵に襲われないように頭を丸坊主《ぼうず》にして、顔を鍋《なべ》炭で真っ黒に塗りたくっている女性たちが、すでに息をしていない子供を背負っていたり、疲れはてて歩けない幼子を引きずりながら、どんどんやってきたのです。男性はほとんどいませんでした。女子供と老人だけが、列をなして平壌に入ってくる。どうやら平壌まで行けば南下する列車が出ている、というデマが飛んでいたらしいのです。

藤原 私の家族もその中におりました。母も新京を出るときは、平壌を通過してそのまま釜山《ふざん》まで行ける、と思っていたそうです。

五木 それが北緯三十八度線をはさんで、アメリカとソ連の緊張が高まり、鉄道がストップしてしまった。そのため満州からの方たちと、平壌に取り残された私たちが一緒になって立ち往生してしまう。

九月になるとソ連軍が平壌に入城してきました。私の家も接収されて、体ひとつで旧満州の方たちと一緒に、倉庫のようなところで肩を寄せ合って暮らすことになるのです。その収容所で伝染病が大流行してましてね。子供たちや栄養失調の人たちがバタバタと死んでいく。当時、それを「延吉熱《えんきつ》」と言っていました。豆満江《とまんこう》の北に延吉という町があるのですが、そこを通ってきた人たちが持ってきた悪い病気だ、満州から来た人に近づくな、と注意されたものです。

藤原　発疹チフスじゃないですか。

五木　その通りです。発疹チフス。

藤原　母がいつも言っていました。「発疹チフスがものすごく流行《はや》って、弱い人たちから死んでいった」と。

五木　藤原さんのお母上、藤原ていさんが引揚げ体験を書かれた『流れる星は生きている』は戦後の大ベストセラーですが、全国民必読の書というべきものですね。しかし不思議なことに、引揚げ文学といえるものは他には余りありません。個人の自費出版はあるのかもしれませんが。私が思いだすのは亡《な》くなった女優の小林千登勢《ちとせ》さんが書いた『お星さまのレール』（金の星社）ぐらいです。小林さんは平壌の山手小学校で私の後輩なんですよ。

引揚げをテーマとした本があまり出てこない理由を考えると、やはり生きて帰ってきた人間にはどこか負い目があるのかな、という気がするのです。

藤原　確かにそうです。五木さんの本を読んで私も腑《ふ》に落ちました。「本当に善良な人は先にこの世を去ってしまう」とお書きになっていますね。

五木　ええ。ですから、無事に引揚げ船に乗って祖国まで帰りついたことは、あまり大声で自慢できることではないと思うのです。

藤原　まさに本質的な点です。じつは私の父、新田次郎も自分の体験をほとんど書いていない。父は先ほど話にでた延吉の収容所に一年間余りいたのです。

五木　ソ連との国境に近いところですね。

藤原　はい。新京を出る時、母は「一緒に逃げよう」と泣いて頼んだのですが、満州国中央観象台の課長だった父は、軍事機密である気象器械や気象データの破壊処理をしている部下を置いて家族と日本へ逃げ帰るわけにはいかない、と断り新京にとどまった。武士道精神を発揮したのです。

その後、ソ連軍に捕まって延吉の収容所に入れられました。そこを逃げ出して昭和二十一年の秋に日本へ帰ってきたのですが、父はそのことについてほとんど書いていません。小説家なら書くネタはいくらでもあると思うのですが。

五木　そうですね。

藤原 こんど五木さんの本を読んで、あっ、と思い至りました。父は気象研究の技術者でしたから、ラジオや通信機など電気製品の修理ぐらいはできます。それまでロシア人は故障したらすぐに捨てていたのですが、父はそれらを片っ端から修理したというのです。それで収容所では食事その他で優遇されたらしい。一方、抑留された多くの日本人は食うや食わずで厳しい肉体労働に駆り立てられ、多くが亡くなった。優遇されて生きのびたという負い目が父にあり、どうしても書けなかったのではないかと思っております。

五木 そんなことがあったのですか。ソ連軍が入ってきたとき、その中で何とかやっていけた人には二種類あります。一つは特殊技能を持っていた人。お父さまのような技術者や医者です。もう一つは芸能人でした。亡くなった三波春夫《はるお》さんはシベリアに抑留されていたとき、歌が上手なものですから、ソ連軍の将校クラブから引っ張りだこだったそうです。ところがその時代のことを語るときは、少し恥ずかしそうにされていましたね。決して誇らしげに話すことはなかったという。

新田次郎さんがどういう体験をなさったのかは分かりませんが、やはり、それぞれが後ろめたい思いを抱えて生き残ってきたわけです。

藤原 母は引揚げの途中で、畑から芋などを盗んだと本に書いています。他にもいろいろとやっているかもしれません（笑）。

五木　母親というのは、子供のためには何でもやるものですから。たとえ人を殺してでも子供を守ろうとする。その姿には感動するところがあります。引揚げの混乱の中、女性ひとりで子供を連れて日本まで帰ってきたのですから、本当にご苦労だったと思います。ご兄弟は何人いらしたのですか。

藤原　三人です。五歳の兄と、二歳の私、生後一カ月の妹。新京から脱出するときに乗せられたのは、屋根のない無蓋《むがい》列車です。豚みたいに詰め込まれ、上からは雨が吹き込んでくる。それに妹がおしめを汚すと、周囲から「臭い」と怒鳴られた。

そうやって宣川という町にようやくたどりついたのですが、鉄道はストップしている。そこで一年間、物乞《ものご》い同然の暮らしを強いられました。やがて、ここで死ぬぐらいなら少しでも故国に近寄って死のうと、三十八度線を突破することになったのです。みんなで決死の覚悟で山を越え、国境の開城《かいじょう》という町に逃げました。

五木　不思議ですね。私もほとんど同じです。体の弱かった母は終戦から一カ月ほどで亡くなっていました。私たち一家四人は平壌を出て、やっとの思いで開城にある米軍の難民キャンプにたどり着いたんですよ。

藤原　そうなのですか。五木さんが三十八度線を突破したのはいつですか。

五木　たぶん二十一年の暮れですね。平壌を出たのが、その年の九月二十日なんですよ。それから三カ月ぐらいかかってキャンプにたどり着きました。もう忘れていますが、たぶん内地に着いたのが翌年の春先だったと思います。

藤原　では私のほうが少し早く突破したようですね。私は二十一年八月の下旬ごろですから。木の生えていない赤土の山をいくつも越えたそうです。雨に降られると、滑りに滑って大変だった。まだ三歳になったばかりの私は、歩けなくなると引きずられて山を越えたそうです。いまでも私の左足には、あちこちに火傷《やけど》のあとみたいな引きつれがあります。引きずられたところが膿《う》んでしまったからです。五木さんは川を越えて開城に入ったと書いていますが、山は越えませんでしたか。

五木　もちろん山も越えました。平壌からまっすぐ行くとまずいので、山を越え川を越え、迂回《うかい》しながら三十八度線を越えたんです。私はまだ赤ん坊だった妹を背中にくくりつけて、五、六歳だった弟を、やはり引きずってね。

最後に川を越えたときは、夜になるまで物陰に身を潜めていました。赤ん坊が泣くと、ものすごい勢いで「泣かせるな」と怒鳴られる。泣き声がもれないようにと口を押さえられ、それで窒息した赤ん坊もいたくらいです。私も妹が泣くものですから、仕方なく頭をなぐって、「泣くな」と。暗くなると川岸まで地面を這《は》って進み、大人の「走れ」という叫び声を合図に川に飛び込んで、膝《ひざ》ぐらいまでの浅い川を水煙を立てながら走りました。申し訳ないけど、途中で何度、妹を置いていこうと思ったか分かりません。

開城の難民キャンプに入ると、いまのアフガニスタンやイラクのように、大きなテントが何十、何百と並んでいました。

藤原　そうそう。同じ径路だったかもしれませんね。じつは私、いまでも川が怖いのです。三十八度線を越えるとき、七月、八月が当地の雨期ということもあって、母が胸まで水につかりながら、私を抱えて濁流を渡ったそうです。そのとき恐怖でヒーヒー泣いていたと聞きました。それ自体は記憶にないのですが、体が覚えているのでしょう。日本へ引揚げてからの私は、ずっとガキ大将で、手下を従えて信州の野山を駆け回っていたのですが、川を渡る時だけは膝くらいの深さでも恐くて駄目でした。

異国での不安を和らげてくれた流行歌の力

五木　でも雨の中を這いずり回って逃げているときは、目的もあるし夢中ですから、まだましだと思います。いちばん辛《つら》かったのは、平壌で倉庫みたいなところにかたまって生活していたときです。敗戦から一年たっても引揚げが始まらない。ひょっとするとシベリアへ送られるかもしれないと不安な毎日でした。食料はないし、延吉熱で隣の子供がどんどん死んでいく。しかも夜になればソ連兵が略奪にやってくる。希望も何もない生活でした。

そうしたときに大きな力になったのが歌だったのです。それも芸術的なオペラなどではなくて、低俗な流行歌。藤原さんたちもよく歌ったでしょう。

藤原　私は小さかったので覚えていないのです。ただ、父は収容所にいたときにずいぶん歌っていたみたいです。『誰か故郷を想《おも》わざる』(詞＝西條八十《さいじょうやそ》／曲＝古賀政男《まさお》)とか。それから「橇《そり》の鈴さえ　寂しく響く」で始まる『国境の町』(詞＝大木惇夫《あつお》／曲＝阿部武雄《あべたけお》)。これは東海林《しょうじ》太郎さんが歌ってましたよね。

五木　ええ、私も平壌で大人たちの酒盛りに混じって、あの歌をよく歌いましたよ。まだ十四歳でしたが、母を亡くし、父は敗戦のショックで茫然《ぼうぜん》自失となっていました。そうなると家族を支えるのは自分しかいない。大人の中で肩肘《かたひじ》はって生きていくには、飲めない酒を飲んでみたり、タバコぐらいは吸わないと、周囲から「なんだ、このガキ」とばかにされますからね。

いま覚えている歌のほとんどは、当時、大人たちと一緒に歌って覚えたものです。

なかでも『国境の町』は印象に残っています。

藤原　音痴の父が風呂《ふろ》の中でいつも歌っていたので、昭和五年以降の歌はほとんど知っていますよ。五木さんの本には五十一曲が紹介されていますが、知らなかったのは一曲だけ。戦前のソウルで歌われていたという『白頭山節』(詞・曲＝植田国境子)だけです。

五木　ほう！　それはすごい。

藤原　父はよく『異国の丘』(詞＝増田幸治・佐伯孝夫《さえきたかお》／曲＝吉田正)も歌っていました。「今日も暮れゆく　異国の丘に　友よ辛かろ　切なかろ」と。きっと収容所でお互い、励ましあいながら歌ったのでしょうね。

五木　『異国の丘』は、戦後にNHKの「のど自慢」で歌われて大ヒットした曲です。この歌には「帰る日も来る　春が来る」という希望を持たせる歌詞もありますが、私は「友よ辛かろ　切なかろ」というところにもっとも共感しましたね。生まれ育った朝鮮半島の思い出を全部置き去りにして、両親の故郷ではありますが、私にとっては異国である九州に来た。いまも出だしを聴くと、当時の気持ちが思い起こされてきます。

この曲のメロディは何とも言えぬ哀調を帯びていますでしょう。人は悲しいとき、せつないときは、悲しい歌をうたうのです。

藤原　それは私もよくわかります。

五木　沖縄の版画家で名嘉睦稔《なかぼくねん》さんという方がいるのですが、その方の書かれた本に興味深いエピソードが紹介されています。名嘉さんは三線《さんしん》を弾くのですが、あるとき仲間たちとバンドを組んで、老人ホームのようなところへ慰問にいった。

　老人たちを元気づけようとテンポのある明るい曲ばかり歌っていたら、一人の老人が立ちあがって、「お前たちはまだ人生がわかっとらん。悲しいときには、悲しい歌がうたいたいもんなんだぞ」と言われた。思いがけない言葉に驚いて、こんどはセンチメンタルな歌をうたったところ、ともに涙して深いコミュニケーションが生まれたというのです。

藤原　よく分かります。気分が落ち込んだときは悲しい歌を聴きたくなりますね。私の場合は、数学で苦戦しているときに悲しい歌を聴きたくなる。ひとつの問題を一カ月、半年、そして一年考えても全然進まないときがあります。そうなるとさすがに気が強くて自信過剰で傲慢《ごうまん》な私でも、劣等感のとりこになる。ろくに才能もないのに数学の世界なんかに入ってしまって……と、敗北感に打ちひしがれる。そんなときに聴きたくなるのは、不思議なことに明るい歌ではなく、悲しい歌なのです。悲しい歌のほうが力が湧《わ》いてくる。

五木　不思議なものですね。

藤原　じりじり、じりじりと真綿で首を締められるように悲しい、辛い思いをするよりも、暗い悲しい歌を聴いて一気にどん底まで落ちる。そこで涙を流すことで、その気持ちをバネに浮かびあがる。

五木　そうです。私は「絶望の最底辺まで下りろ」と書いたことがありますが、それと同じことでしょう。どんと、どん底に足をついて、そこから跳ね上がる。ギリシャ悲劇にも「涙は魂を浄化する」というカタルシス理論がありますね。健康で前向きな歌をうたえば元気になるという考え方は単純すぎる。悲しい人には悲しい歌が必要なのです。

藤原　不思議なことに、悲しい歌には力がありますよね。

五木　そうなんです。女優の森光子さんは戦争中、歌手として大陸のあちこちの町を慰問公演でまわっておられたそうですが、リクエストがいちばん多かったのは、『湖畔の宿』（詞＝佐藤惣之助《そうのすけ》／曲＝服部《はっとり》良一）だったそうです。明日は最前線に出かけて行く、命も知れない兵士たちが、戦意高揚歌ではなく「山の寂しい湖に　ひとり来たのも　悲しい心」という『湖畔の宿』を聴きたがる。

淡谷のり子さんも同じことをおっしゃっていました。慰問にいくと、将校は前向きの歌をうたえと言ったそうですが、兵隊さんのリクエストは圧倒的に『別れのブルース』（詞＝藤浦洸《こう》／曲＝服部良一）だったという。「窓を開ければ　港が見える」という切ない歌を聴いて前線へ出かけていくのです。

藤原　悲しい歌で力を得るのでしょうね。私は自分が有頂天になっているときも暗い曲を聴くようにしています。根が単純なのか、素晴らしい数学の問題が解けたりすると、俺は天才だ、神の子だなどと思うわけです。そうしたときに、二葉あき子『古き花園』（詞＝サトウハチロー／曲＝早乙女光）の「白きバラに涙して　雨が今日も降る」とか、奈良《なら》光枝『赤い靴のタンゴ』（詞＝西條八十／曲＝古賀政男）の「飾り紐《ひも》さえ涙でちぎれて」なんて聴くと、こんなことでは駄目だ、こういう情緒を忘れていたと、一気に気分が鎮静化する。

五木　天狗《てんぐ》にならずに済みますから。

藤原　そう、鎮静剤。歌謡曲には素晴らしい効用がありますねえ。強いときには弱くしてくれて、弱いときには強くしてくれる。精神の安定化装置なのですよ。

五木　なるほど、それは面白い話をうかがいました。私は「他力の効用」は、こんなところにもあると思ってるんです。成功したときは「自分の力ではなく〝他力の風〟

が自分を成功へ運んでくれた」と謙虚になろう。逆に失敗したときは「努力したけど〝他力の風〟が吹かなかったんだ」とあっさり諦《あきら》める。こう考えれば難儀な人生にも活路を見出せるんじゃないか。藤原さんのお話を聞いていると、流行歌にも似た効用がありそうですね。

藤原　いまの若者も戦前の流行歌を聴けば、好きになるはずですよ。私の家族は毎夏一カ月、信州の山荘で暮らすのですが、信州へ行く車中のBGMはずっと戦前の曲です。子供は普段は聴かないのですが、車の中では逃げるわけにいかない。昭和六年の『酒は涙か溜息《ためいき》か』(詞＝高橋掬太郎《きくたろう》／曲＝古賀政男)や昭和七年の『影を慕いて』(詞・曲＝古賀政男)、そして昭和十年の『雨に咲く花』(詞＝高橋掬太郎／曲＝池田不二男《ふじお》)――「およばぬことと諦めました」というやつです。これらを聴かせると、大学生や大学院生の息子たちが「いい」と言うのですよ。息子たちと、『日本橋から』(詞＝浜田広介《ひろすけ》／曲＝古賀政男)を、昭和四年に佐藤千夜子が歌ったものと昭和七年に関種子が歌ったものとを、何度も聴き比べたりしたこともあります。

五木　ほう、そうですか。私はほとんど絶望的な気持ちになっていて、「自分は斜陽になっている歌謡曲の末期《まつご》をみとるのが楽しみだ」と居直っているのですが、そうでもないんですねえ。

藤原 ええ。私もびっくりしました。歌詞がいいというのです。東京藝大出身の藤山一郎や二葉あき子に代表されるように、あの頃は歌手の質が高く、みんなはっきりと言葉がわかるように歌ってくれる。だから聴いていて歌詞の意味が分かる。

流行歌は時代と世相を映し出してきた

五木 昔の流行歌には「国家の品格」ならぬ「歌謡の品格」があったわけですよ（笑）。『雨に咲く花』は戦後、青江三奈《みな》もカバーしていますが、それがすごくいいです。ジャズのフィーリングで、ブルースを歌う感じでうたっている。

藤原 私が高校生のときは井上ひろしが歌っていました。

五木 「三人ひろし」の一人（笑）。

藤原 井上ひろしと守屋浩、水原弘で「三人ひろし」。

五木 そうそう。なんでもご存知なんですね。数学者が守屋浩を知っているとは驚いた。

藤原 『僕は泣いちっち』（詞・曲＝浜口庫之助《くらのすけ》）という曲が、わりと好きだったのです。

五木　「僕の恋人　東京へ行っちっち」ですね。いやあ、今日は思いがけない話になってきた（笑）。

藤原　『雨に咲く花』は名曲ですね。

五木　マイ・ベストテンのうちの一つです。

藤原　そうですか。あれはもともと昭和十年に関種子が歌っていた曲ですよね。これを夜の田舎道でひとり車を運転しながら聴いていたら、突然、涙が吹き出てきたことがあります。昔の歌の力はすごいんだなあと思いましたね。

五木　歌にはそういう力があるんだなあ。

藤原　それに昔の歌には一曲のなかに必ず気に入る部分がある。先ほど挙げた『赤い靴のタンゴ』だと「涙知らない乙女なのに」とか、三番の「飾り紐さえ涙でちぎれて」がそう。

五木　古賀メロディですね。でもよく歌詞まで覚えていますね（笑）。

藤原　『湯の町エレジー』（詞＝野村俊夫《としお》／曲＝古賀政男）の三番「君住むゆえに　懐《なつ》かしや」というフレーズも気に入っています。初恋の人を訪ねていくが、人妻なのでもう会えない。でも君が住んでいる町に入っただけで懐かしい。あそこでホロリと来るんです。

五木　昭和二十三年の大ヒット曲。先日も伊豆の下田のほうに行ったのですが、ふと「伊豆の山々　月あわく」という出だしが口をついて出てきてね。でも藤原さんがこんなに歌謡曲に詳しくて、歌詞まで細かく覚えておられるとは意外でした。しかもヒットした表通りの歌謡曲だけではなく、わりとマイナーな曲までご存知だ。

私は裏通り歌謡曲というのを考えたことがあるのですよ。たとえば『異国の丘』は皆が知っているけど、僕が本当に好きなのは『ハバロフスク小唄《こうた》』(詞＝野村俊夫／曲＝島田逸平)。

藤原　「ハバロフスク　ラララ　ハバロフスク」というやつですね。

五木　そうそう。ちょっとマイナーで日陰の花のような歌ですから、「懐かしのメロディ」でもあまり取り上げられないけど。でも「あの波もこの波も　日本海」という歌詞には、抑留された日本人の強い望郷の念が感じられて、胸に迫るものがある。他にも大ヒットした『青い山脈』(詞＝西條八十／曲＝服部良一)より、私はむしろ『山のかなたに』(詞＝西條八十／曲＝服部良一)のほうが好きです。美空ひばりの曲でも好きなのは『リンゴ追分』(詞＝小沢不二夫《ふじお》／曲＝米山正夫《まさお》)ではなくて『津軽のふるさと』(詞・曲＝米山正夫)なんです。

藤原　ああ、「りんごのふるさとは北国の果て」で始まる歌ですね。大名曲と思います。私も美空ひばりの曲の中でいちばん好きですよ。

五木 ひばりさんと対談した際に「私の歌で何が好きですか」と問われたので、「『リンゴ追分』も大好きですけど、同じ米山正夫さんの『津軽のふるさと』のほうがはるかに素晴らしいと思う」と答えました。「じゃあ、あす歌います」といって、翌日、「ミュージックフェア」で歌ったら業界で大評判になった。

藤原 歌詞といい、メロディといい、あの歌を聴かないで死ぬ人は気の毒だと思います。歌謡曲は教科書に書いていないことも教えてくれます。昭和六年の満州事変から昭和二十年の終戦にいたるまでは、日本のどうしようもない時期ですよ。ところが私の好きな曲はほとんど、この時期に作られている。戦争直前の昭和十五年になっても『誰か故郷を想わざる』という叙情的な歌が出ているのです。

五木 そうですね。あの時代は軍国主義で軍歌一色だったと考えるのは間違いです。戦意を高揚させる歌もありましたが、一方でセンチメンタルな流行歌があり、庶民はそこに自分たちの心情を託してきました。

淡谷のり子さんは戦時色が強くなる昭和十一年に『暗い日曜日』(訳詞＝脇野元春／曲＝セレス)を出している。二・二六事件の年ですよ。高峰三枝子さんの『湖畔の宿』や田端義夫《よしお》さんの『別れ船』(詞＝清水みのる／曲＝倉若晴生)は昭和十五年、

『勘太郎月夜唄』（詞＝佐伯孝夫／曲＝清水保雄《やすお》）は昭和十八年と、戦中でも名曲が出ています。高田浩吉のいろんな端唄、小唄など、退廃的といわれそうな歌もそうした時代にヒットしていますから。

藤原　あの時代も男と女は恋をしていたし、叙情的な歌を聴いて涙を流していた。歌謡曲の流行をたどれば、そうしたことも分かります。真っ暗で、戦争に向かって一直線の時代だったと考えるのは、歴史の表面をなぞっているだけではないでしょうか。

五木　言葉になったものが歴史になるわけですが、言葉にならないものも多いのです。先ほど三十八度線を突破したときの話をしましたが、ついに書けなかった話もあります。私たちは外出禁止令が出ているなか、平壌からトラックを買収して三十八度線を目指したのですが、一回目の脱出は失敗しました。ブローカーに騙《だま》されて、平壌周辺をぐるぐると回っただけでした。

そして二回目の脱出行で、平壌と三十八度線の中間にあった沙里院《さりいん》のガードポイントをトラックで突破するときでした。それまで何度も止められましたが、そのたびに時計や万年筆などの貴重品を渡して、見逃してもらっていました。それがここでは女を出せと言われた。これは本当に困りましたね。

若い娘はまずい、子持ちはだめ、あまり年上でもよくないということで、結局は元芸者さんなど水商売をしていた女性や、夫や子供を失った未亡人に、みんなの視線が自然と集中するのです。そのうちリーダー役の人物が土下座して、「みんなのためだ、行ってくれ」と頼んだ。みんなから射すくめられるように見られるのですから、その女性は出て行かざるをえません。そうやって女性を送り出していった側の人間が、生きのびて帰ってきたわけですから。

藤原　この本にも、そこまでは書いていませんね。

五木　ええ、どうもそこまでは言えません。さらにひどいことに、女性が明け方、ボロ雑巾《ぞうきん》のようになって帰ってくると、「ロシア兵から悪い病気をうつされているかもしれないから、あの女の人に近寄っちゃだめよ」と、こっそり子供に言う母親がいた。本来であれば手をとってお礼を言ってもいいのに、そういうことを言って蔑《さげす》んだ目で見る。戻ってきた女性の周囲には誰も近寄らないのです。私は自分も日本人でありながら、日本人に対する幻滅が強く湧いて、いまも後遺症が消えません。

藤原　なんとも言えませんね。

五木　その女性たちはいわば特攻隊員ですから。自分から飛行機に乗って死んで行った若い人たちの話にも感動しますが、嫌がるのを無理やり周囲から押し出され、泣き泣き出て行った人も特攻隊員。壮絶なものです。

私が自分の引揚げ体験をミステリー以外、小説に書いたことがほとんどないのは、こうした話を書いて、「いい作品ができた」などと周囲に言われたら、死んでも死にきれないし、女性たちにも申し訳ないから。

藤原　女性を要求するのはソ連兵ですか。それとも中国や朝鮮の人々も同じことをしたのでしょうか。

五木　ソ連兵だけではありませんでした。

日本へ引揚げてきたら、港に婦人調査部というものがありました。私は博多に上陸したのですが、長崎にも佐世保にも敦賀にもあった。そこで十五、六歳以上から五十歳すぎの女性は一応みんなが検査を受けて、性病に感染していないか、妊娠していないか調べられたのです。

当時は「不法妊娠」という言葉を使ったのですが、そうした状態の女性は手術を受けた。福岡の場合ですと、軍の保養所だった建物へトラックで運ばれて、麻酔なしで手術されたそうです。十五歳の娘さんと五十歳の母親が二人とも「不法妊娠」していた例も聞きました。

藤原　麻酔なしですか。

五木　ええ。数年前に、そのころ日赤の婦長だった方からお話を聞いたのですが、麻酔薬がなかったというのです。それでも一人として泣いたり叫んだりした人はいなかったと、その方は話していました。

そのころはまだ堕胎罪が厳格で、公式にはそうした手術はできなかった。それでもソウルにあった京城帝大医学部や九州帝大医学部、広島大の学生有志が、違法を承知で手術を引き受けたそうです。そうした活動が始まってからしばらく経《た》ったころ、ある宮様が福岡の施設を訪問したことがあったという。これは違法行為を問うことはないという、当局の暗黙の意思表示だったのでしょう。多くの子供たちが処理されて、保養所の桜の木の下に埋められたそうです。先年、そこを訪ねたら、老人ホームになっていました。

藤原　そうした活動があったとは知りませんでした。

五木　特攻にいった女性に「近寄るな」という日本人もいましたが、将来を失う危険を覚悟で手術した人もいた。「在外同胞救出学生同盟」というボランティア運動があり、駅頭で引揚げ者を支援していた若者や学生たちもいます。若き日の竹中労さんなどもその一人だったようですが、その団体の中には密航して三十八度線《ま》まで救援活動にいった人もいました。引揚げ体験とは、そうした人間の善と悪を目の当たりにするということでもありましたね。

藤原　私たちもボロを着て博多に着いた時や、故郷へ帰る途中に名古屋で乗り換えた時など、このようなボランティアに助けられました。
流行歌が戦前の世相を映していると言いましたが、同じことは戦後でも言えますね。
NHKの「のど自慢」。あのころは日曜日になるとみんなラジオの前に集まって聴いていました。合格の鐘がカン、カン、カーンと鳴ると、みんなで手を叩《たた》いて喜んだものです。『東京ブギウギ』(詞＝鈴木勝／曲＝服部良一)や『銀座カンカン娘』(詞＝佐伯孝夫／曲＝服部良一)といった明るい歌のなかに、復員してきた兵隊さんが『異国の丘』など歌うと、急にしんみりとした雰囲気になる。
五木　そうですね。NHKの「ラジオ歌謡」もありました。あの番組から多くの名曲が生まれています。私の印象に残っているもので言えば、『さくら貝の歌』(詞＝土屋花情／曲＝八洲秀章《やしまひであき》)。
藤原　「はろばろと　かよう香りは　君恋うる　胸のさざなみ」なんて、よかったですねえ。
五木　『あざみの歌』(詞＝横井弘《ひろし》／曲＝八洲秀章)もあった。
藤原　高英男の『雪の降る街を』(詞＝内村直也《なおや》／曲＝中田喜直《よしなお》)もいい。
五木　非常にいい歌がたくさんありましたね。いい詩人が詞を書き、力のある作曲家が曲を作っています。また歌うほうも一流だった。戦前はオペラ歌手の藤原義江《よしえ》が『鉾《ほこ》をおさめて』（詞＝時雨《しぐれ》音羽／曲＝中山晋平《しんぺい》）などを流行歌として歌っていたのですから、いま考えてみると不思議です。ヒットもたくさん生まれました。

藤原　なにより時代を映しだす歌が多かった。

日本の情緒を凝縮した文化遺産

五木　時代を映す歌といえば、「こんな女に誰がした」で有名な『星の流れに』。あの歌にはモデルがあって、満州から引揚げてきた二十二歳の看護婦さんの話です。

藤原　あ、そうなんですか。

五木　引揚げてきたものの、不運が続いて、東京・上野の地下道で寝起きするはめになった。するとその女性に、おむすびを二つ持ってきてくれた男がいた。その次の日もおむすびを二つくれた。そして三日目に「一緒についてきなさい。私が仕事を世話するから」と言われ、結局はガード下にたって客を引くようになったそうです。そうした顚末《てんまつ》が新聞に掲載され、その記事を読んだ清水みのるさんという作詞家が、泣きながら一晩で歌詞を書き上げた。作曲家の利根一郎さんもその話を聞いて、ぜひ自分に作曲させてくれと名乗りをあげたといいます。

藤原 歌っていたのは菊池章子《あきこ》さんでしたね。

五木 ええ。ほかの人に決まっていたのですが、菊池さんが手を挙げたのです。自分と同世代でこんなに悲しい境遇の人がいるのかと、泣きたい気持ちを胸に秘めて歌ったといいます。スタジオでみんなが涙を流しながら作り上げた。まさに昭和二十年代の世相を代表する歌ですね。いまの時代にこんな歌があるのかというと……。

藤原 音楽的なことは分かりませんが、いまの歌は歌詞の力が弱いような気がします。

五木 百万枚、二百万枚と売れている歌はあるのですが、閉鎖的に聴かれていて、国民全部の歌にはなっていませんね。世代が違うと曲はもちろん歌手の名前も知らないし、世代が同じでも共通する歌がない。

私たちが平壌の倉庫で、世代を越えて歌っていたときは、みんなが不安や寂しさという共通の感情を持っていました。そうした「情」を濃密に持っていないと、人は共通の歌を求める気持ちにはならないのではないでしょうか。

藤原 私は英国のケンブリッジで教えていたことがあるのですが、そのときの体験から、歌謡曲は日本の大きな文化遺産だと思っています。

五木 ほう、それはなぜですか。

藤原　ケンブリッジ大学にはノーベル賞の受賞者が何人もいて、私のような鼻っ柱の強い人間でも、さすがにヨーロッパの知性に圧倒されそうになることがある。そういうときに私は、すぐに日本の歌を思い出すのです。たとえば私の故郷、信州を歌った島崎藤村の『千曲川《ちくまがわ》旅情の歌』。

小諸なる古城のほとり　雲白く遊子《ゆうし》悲しむ
緑なすはこべは萌えず　若草も藉《し》くによしなし
………
暮れ行けば浅間も見えず　歌哀《かな》し佐久の草笛

このあたりまで唱えると、途端に優越感が湧《わ》いてくるのです（笑）。「俺はこのような美しい信州の自然の中で、歌哀し佐久の草笛を聞きながら育ったのだ。イギリスにはあるまい。お前たちとはまったく違うのだ」と自信が湧いてきて、劣等感から救われる。家に帰って、美空ひばりの『津軽のふるさと』などを口ずさむと、アングロサクソン文化の真《ま》っ只中《ただなか》で、日本文化や日本民族の優れていることが感じられて、勇気が湧いてくる。岡潔先生も同じことを言っておられました。

五木　ああ、数学の大天才の。

藤原　そうです。当時、彼の専攻分野で「世界の三大難問」と言われていたものを、二十年かけて一人で解いてしまった。数学にノーベル賞があれば二つか三つは取ったであろう偉人です。その岡先生がやはりフランスで天才たちに囲まれて劣等感にさいなまれていたことがあるそうです。それがある日、フランスの美術館で西洋絵画の名作を見ている時に、ふと芭蕉の俳諧《はいかい》の方がはるかに深遠だと思った。ついで日本の俗謡が浮かんできたというのです。「高い山から　谷底見れば……」

五木　「瓜《うり》や茄子《なすび》の花盛り」（笑）。

藤原　この瞬間に西洋に対する優越感が芽生え、数学研究への勇気が湧いた、とおっしゃっていました。日本文化があの数学の天才を生んだのです。俗謡や歌謡曲も立派な日本文化だと思います。

五木　そういえば最近、アメリカのジャズ評論家の間で、日本の歌謡曲を見直す動きがあるようですね。日本独自の歌や音楽をさがすと、歌謡曲に行きつくというのです。彼らが日本的なものを感じるのは、巧みに演奏されるクラシックでもなく、見事にコピーされたジャズでもない。世間的には低俗だと言われる歌謡曲や流行歌のなかに、なにか日本的な音楽の伝統が生きているという。

藤原　ああ、やはり。

五木　日本では平安・鎌倉時代の昔から、遊女から公家、武士まで愛唱したという俗っぽい流行歌を集めた『梁塵秘抄《りょうじんひしょう》』が作られていました。これに収録された歌は今様という形式で、現在の歌謡曲と同じ七五調なのです。

つまり歌謡曲とは、単にヨーロッパの文化と日本の邦楽が明治時代に合体してできたものではないのですよ。声明《しょうみょう》、五説経、和讃など、『梁塵秘抄』の時代から連綿と続いているものなのです。ですから藤原さんのいう文化遺産という意見には私も大賛成ですね。

藤原　歌謡曲は日本の情緒を凝縮した文化遺産ですよ。私は大学で教えているのですが、学生たちを見ていると、ひと昔前に比べ、最も落ちているのが情緒力です。学力も「ゆとり教育」で落ちているけど、情緒力はさらにひどい。これが無くなると大変ですよ。美しさなどを感じる心は、数学や芸術の源泉ですから。私は唱歌や童謡、そして昭和の歌謡曲も教科書に加えてほしいと考えています。日本の文化、伝統を学ぶという意味もありますが、情緒教育としても非常にいい。親子で一緒にうたえる歌を持つということも重要です。

五木　ほんとに。この国はこれから、なかなか難しいことになっていくだろうと思います。凶悪な犯罪は増えているし、自殺者も年間三万人を超している。これはこれまで「人情」や「情緒」といったウエットなものがあまりにも軽視され、人間関係が乾いているからでしょう。いまこそ「情の力」が必要なときかもしれません。歌は人の情を養ってくれるもの。こんな理屈をつけながら、私は歌をうたっているのです。ほんとは理屈はいらないんですけどね（笑）。

ビートたけし（映画監督・タレント）
人生すべてイッツ・ソー・イージー

「天才たけし」には数学の素質もあった！　映画のフィルム編集、夕食のコロッケの数、法隆寺の屋根の曲線……すべて数学に関係することが判明。

日本人の数学好きは、美的感受性がなせる業だった。

日本人は昔から美しさのある数学が好き

たけし　おいら中学ぐらいまではやたら数学は点数がよかったんです。それで今回、対談するに当たって、中学校の数学の問題集を買ってきて、予習してきたんですよ(笑)。問題を解いているうちに、変なことをやり出した。1、3、5、7、9、……と奇数を足していくと、その和は必ず2乗になっていくでしょう。1と3を足したら4で、2の2乗、1、3、5だと9になって、3の2乗になる……。面白いなって。

藤原　すごい発見しましたね(笑)。

たけし　そうすると、1から111の奇数の和は、111に1を足して2で割って、それを2乗すればいいんだなとわかる。次にまたバカなことを考えて、1からnまでの整数の和が、$\frac{1}{2}\times n\times(n+1)$だから、偶数だけの和を出すには、そこから奇数の和を計算して引いたらいいとか、そんなことばかりを考え出すと、頭の中がグチャグチャになってしまうんですよ。

藤原 グチャグチャでも正しいです（笑）。もう少し簡単に偶数の和を出すには、2、4、6、……100の和なら、1から50までの和を2倍すればよいのですが。たけしさん、昔は数学には相当自信があったのでしょう。

たけし サイン、コサインあたりでわからなくなった（笑）。自分で独自に円周率を出そうとして、こんなこともやっていたんですよ。円の中に内接する6角形を書いて、これだと円周率は3になってしまう。そこから、12角形、24角形と出していって、円周率を出そうと思ったのだけど……。

藤原 でも、その出し方は正解なんですよ。江戸の元禄時代に数学の天才で関孝和という人がいて、部分的には西洋を超えるレベルの数学をやっていました。この人は、今たけしさんが言ったのと同じことをやったんです。円の中に4角形、8角形、16角形、32角形とどんどん増やしていって、円の外からも同じことをやって、円周率を12桁《けた》まで出したんです。

たけし 何も知らないで、算数だけを使って円周率を出そうと挑戦してみたら、結構面白かった。

藤原 日々の現実を忘れられますしね（笑）。

たけし ここ二、三週間、そんなことばっかりやって、算数や数学で遊んでいた

（笑）。今朝のニュースを見ていたら、小学校の先生が子供に残酷な問題を出したっていう。〈7人で銀行強盗して、お札の束を等分に分けたら2つ足りない。そこで仲間を2人殺して分けたら、今度も2つ足りない。また2人殺したが2つ足りない。札束は幾つでしょう〉という問題。テレビ見ながら、「答えは103束だ」とか言っていたんですよ。条件を満たす最小の数が103束なんです。キャスターが「ひどい問題を出しますよ」と言うのはいいんだけど、「自分で解いてみろ」って（笑）。

藤原　なるほど、お札2束をあらかじめ加えておいたら7人でも5人でも3人でも等しく分けられる。7、5、3の最小公倍数は105ですからね（笑）。たけしさんは数学がお好きなようだけど、昔から日本人は数学が好きなんです。フランシスコ・ザビエルなど宣教師が、戦国時代から安土桃山時代にかけて来ましたよね。中国に行った宣教師は「中国人は暦とか実用的なものが好きだ」って言っているんです。ところが日本に来たザビエルたちは「日本人は大名から庶民まで数学が好きだ」と言っています。だから、数学を知っている宣教師を日本に送れという手紙をイエズス会の本部に書いているんです。数学には美しさがあるんですね。日本人はそれで魅《ひ》かれたのだと私は思っています。芸術的なものに日本人は敏感なんです。

たけし　ザビエルが来た時に、日本人が興味を持っていた数学というのは、どんなものですか。

藤原　平方根や立方根を求めたり、ユークリッド幾何の初歩などと言われています。日本人はあっという間にそれを吸収して、十七世紀、元禄時代には独力で数学をつくってしまった。例えばたけしさんが大学一年生のときにやったかどうかわかりませんが、行列式って覚えています？

たけし　ええ。

藤原　あれは日本人の発明なんですよ。ヨーロッパの人は、ライプニッツという大数学者が発見したと思っているんです。しかし、ライプニッツの十年前に関孝和がやっているんですね。そういう高度な数学をどんどん発見していました。十八世紀になって、少しずつ出島を通してオランダの人が向こうの数学を持ってくるんです。ところが、和算の専門家は「こんなものレベルが低過ぎる」って相手にしないんですね。それほど十八世紀初め頃まで日本の数学レベルは高かったんです。

たけし　確かに数式とか方程式には美しさを感じますが、関孝和の頃は漢字で数式を書いていたわけですか。

藤原　漢字だから、見た目にはそんなに美しくないけど、理論自身が美しいんです。関孝和が子供の頃やっていたのは、それこそ足し算、引き算、掛け算、割り算、分数、小数、比例とその応用ぐらいのものなんです。ところが、彼は、X、Yの代わりに甲とか乙とかの文字を使って、独自に代数をつくってしまった。数式は横書きでなく縦書きです。ヨーロッパでもこのような代数は、それより数十年前に生まれたばかりなのに、関孝和は代数や連立方程式論を独力でつくりあげてしまう。ギリシア・ローマの時代から代数が発見されるまでに、ヨーロッパでは千数百年もかかっているのですから、恐ろしい天才ですよ。

たけし ノーベル数学賞があったら、日本人はもらっていて当然かもしれませんね。

藤原 先年、医学の専門家で、よくノーベル賞候補になっている方と対談したんですが、開口一番、「数学にノーベル賞があったら、日本人は二十人以上固いらしいですね」と仰《おっしゃ》っていました。日本人の数学の独創性はものすごい。ノーベル数学賞がないのは、化学者ノーベルとミッタク＝レフラーという数学者が、美人数学者のソーニャ・コワレフスカヤを取り合ったことが原因という噂《うわさ》もあります。数学賞をつくったら、憎き恋敵のミッタク＝レフラーが取りそうだったから、つくらなかったと(笑)。世界で一番権威ある数学の賞は、フィールズ賞で四年に一度です。日本人の受賞者は、小平邦彦、広中平祐、森重文と三人います。他にも同程度に偉い人が何人かいます。数学は日本のお家芸ですよ。

たけし　だって、大工さんの使っている曲尺なんてすごい。あれ一個でルートまで出せるわけだから。

藤原　法隆寺でしたか、屋根の曲線を誰かが調べたらサイクロイド曲線というものだったんです。その曲線はニュートンが発見したものです。鉄のボールをA点からB点まで坂に沿って転がすとき、素人《しろうと》は真《ま》っ直《す》ぐな坂が一番早いと思いますよね。ところが、そうではなくて、このサイクロイド曲線という曲がり方を持った坂が一番早いんです。お寺の屋根がそうなっているというのは、雨水が最も短時間で外に出るようにつくってあるわけです。すごいんですよ。

たけし　しかし、日本では森羅万象全《すべ》てのことが数学で証明されるような形では発展しませんでしたよね。

藤原　結局は日本の和算というのは、十八世紀初めまでは世界的だったんだけど、それ以後あんまり進歩しないんです。なぜかというと、自然科学と結びつかなかったからです。一方、関孝和と同時代の、イギリスのニュートンはものすごい先入観を持っていました。神様がこの宇宙をつくった。神様がつくったものだから、非常に美しくできているはずだ。そして、宇宙というのは数学の言葉で書かれた聖書だ。こういう偏見、先入観があったから、宇宙を解明するために数学を使うということに極めて熱心だったのです。

日本の和算の人は、それを芸術あるいは芸事としてやっていましたから、自然現象の解明には決して結びつきませんでした。ヨーロッパでは自然とつながったから、十八世紀中頃くらいから日本はどんどん引き離されていってしまった。だから、キリスト教の勝利というか、偏見の勝利なんですね。日本人は神様が宇宙をつくったなんて誰も思いませんからね（笑）。

たけし　映画の編集をしていると、面白いことを編集マンから言われるんです。「たけしさんはフィルムをカッティングするときに、1秒、3秒、5秒と奇数しか言わない」って（笑）。これからは、屁理屈《へりくつ》がつけられる。「奇数を足していったら2乗になるんだからいいんだよ」って。そう考えると不思議なんですけど、1から5まで足すと15、1から6まで足すと21。例えば、15秒のシーンの後には、21秒をつけて36秒にすると、意外にいい。足して2乗になるように編集すると納まりがいいんです。

藤原　1からnまでの和に、1から(n＋1)までの和を加えるといつもぴったり2乗になるという面白い発見ですね。それが映画で意味があるというのだからますます面白い。

たけし　他にも、「映画における因数分解」とか言っているんです。aという殺し屋がxとyとzを殺すという話を数式にすると、ax＋ay＋az という式で表せる。この場合は、映像的にはaがxを拳銃《けんじゅう》で撃つと、次のシーンではaがyを撃って、また次にはaがzを撃つ。近代映画における因数分解は、aが拳銃を持って、ただ歩くだけ。次のシーンで、x、y、zの死体を順番に見せる。それでaが3人を殺したってわかる。つまり、a（x＋y＋z）となるわけ。それが因数分解的な映画表現。

藤原 すごい独創です。そういう話を聞くと、日本人の独創性ってすごいと思うんですよ。よく学者や評論家で、日本人は猿まねだとか、独創性がないとか言う人がいますけど、そういう人に独創性がないのはわかるけど、日本人は民族的には独創的なんです。残念なことに小学校時代に数学が好きでも、中学高校になると嫌いになってしまう人が多い。受験勉強になると、問題の解法を暗記して早く解けということになるからです。そうすると、新しいことを考えたり、じっくり考えたりするのが好きな人は数学が嫌になってしまうんですよ。だけど、お笑いの人というのは、独創性が非常に高いでしょう。というのは、一見関係のないもの同士を結びつけて笑いを生み出す。数学の発見も、ほとんどアナロジー（類推）とか連想から生み出されます。芸人さんも、アナロジーや連想によって突拍子もないものを結びつけて、笑いを呼ぶ。だから、すごい才能だと思います。

自然科学では美的感覚が最も重要

たけし　おいらも受験数学はすぐ忘れちゃったね。最近の塾で子供たちに教えているのは、こういう問題が出たら、何も考えずにこういう公式を使いなさいと、記憶力と反射神経だけで解くやり方なんですよ。これでは発想する力が育たないと思う。

藤原　私の息子の通った塾なんてすごいです。数列の問題の解き方は八種類しかないというので、それを全部覚えさせて「頭から順に試していけ、それで必ずできる」と教える。本当に反射神経的にやれば簡単にできてしまうんですよ。ところが、大学の先生が自分たちのつくった入試問題を同僚に解かせると、結構、解けないんです（笑）。でも、東大の理Ⅲに入るような生徒は、それを瞬時に解いてしまう。数列だったら、「八種類のうちのどれかな。あっ、これだ」ってサッと解く。しかし、一番重要なのはそんな解き方を知っていることではなくて、いろいろ問題をひねくったりして考えて、考える喜びや、一生懸命考えた後で発見したときの喜びを得ることでしょう。

たけし　意味もわからずに、解き方を当てはめていって解答できても、そんなにうれしくないですよね。

藤原 そうですよ。東大理Ⅲに合格したばかりの人間を十人集めて、世界のトップの天才数学者十人と、どちらが入試問題の数学を正しく速く解けるか競争させたら、恐らく数学者はボロ負けです(笑)。この間、ドイツのボン大学の数学科教授が来て、東大で講演しているのを聞きにいったら、7足す6は15なんて板書している。大学院生が「先生、そこ違うんじゃないでしょうか」と言ったら、「ああ、そうか」って(笑)。

たけし 日本人は数学が得意という話ですが、国民のほとんどが九九を言えるような国も珍しいわけでしょう。

藤原 九九のおかげで、日本の算数レベルは世界一だった。九九は奈良時代からなんです。ところが、インドに行って負けたと思いました。多くの州で19掛ける19まで、歌のようにして覚えているんです。インドは貧乏な国で、十年ほど前の統計ですが五歳未満の子が年間三百万人餓死する国なのに、例えばコンピュータのソフトウエア技術の開発は世界でもトップクラスになっている。19掛ける19を覚えているせいかもしれません。九九を覚えるとか、足し算、引き算、掛け算を繰り返し練習することは、独創性に関係あるようです。

たけし　ヤクザだって、結局、出世するのはみんな計算できる奴《やつ》らしいです（笑）。例えば、博打《ばくち》場でも、誰がどこにかけて、全部で幾らになっているかパッと計算して、「はい、勝負」とできないといけないみたいです。

藤原　私がアメリカの大学で教えていたときのことです。大学一年生なんですが、いくら教えても理解できないんです。学生を呼んで、よくよく聞いてみると、2分の1足す3分の1ができなかった。分母の2と3を足して5、分子の1と1を足して2とやって、5分の2と計算してしまう。それがまたかわいい、長い金髪のマーシャという子だったのですが（笑）。彼女に限らず、欧米人は計算が下手。日本人は本当に計算がよくできますよ。

たけし　日本人も数学の力が落ちていると言われますよね。

藤原　それは確実に落ちていますね。現在の学生と十年前の学生も違うし、十年前の学生と二十年前の学生とでも全然違いますから。日本人のレベルも、私が三十数年前に教えていたアメリカのレベルににじりよっています（笑）。数学に限らず、アメリカ人はあまりに何も知らないから、何でこいつらに戦争で負けたのかと思いましたよ。英語もきちんと書けませんから、日本人の私が彼らのレポートの英語を添削していました（笑）。

ところが、今、日本の学生は国語ができなくなっているでしょう。数学もできなくなっていますから、これはまずいですよ。今、小学校から英語だとか、パソコンだとかを教えていますが、本当に国を売るようなことをやっています。これで子供たちの学力がますます下がっていきますね。あんなこと一切せずに、漢字を覚えて、九九をやっていればいいんですよ。

たけし 大切なのは、読み書きそろばんとか、意外にシンプルなことかもしれないんですよね。

藤原 それに、数学をやる上で一番重要なのは、やはり美的感受性なんです。知能指数や偏差値はあまり関係ない。日本が文学と数学ですごいというのは、美的感受性が世界で飛び抜けていいからだと思うんです。例えば、「もののあわれ」とか、ああいう考え方は世界に恐らくない。あっても日本ほど鋭くない。そういう感性があるから、文学と数学はすごい。

たけし 理系、文系なんて関係ないわけですね。

藤原 大切なのは美的感受性。自然科学ではどの分野にしても、美的感受性が最も重要だと今では確信しています。たけしさんは絵も描けるし、美的感受性が強いほうじゃないですか。

たけし　そんなに考えているわけじゃないんだけど、写真を撮ったりなんかして、後でフィルムを現像して見たりすると、我ながら意外にいい配置になっているなと思う(笑)。

藤原　黒澤《くろさわ》明監督などの作品も一コマ一コマが実に美しいですね。日本人には、計算しないでも、直感的にパッとわかってしまうようなところがある。だから、日本に長く住んだ外国人の滞在記なんかを読むと、日本人の美的感受性の鋭さをしばしば指摘しています。例えば、お茶だって、世界中どこへ行ったって、マグカップにいれて、ガブ飲みするだけです。それを日本は茶道にしてしまう。字だって、相手にさえわかれば何をどう書いてもいいのに、日本は書道にしてしまう。花だって華道にしたり、みんな芸術化してしまう。ものすごい美意識ですよ。日本は自然からして、繊細な美をたたえていますから、そういう美意識が育《はぐく》まれるのです。

たけし　数学者は、どういう問題を発見するかっていうセンスも必要とされるんですよね。

藤原　問題を見つけ出すというのが、非常に重要な能力なんです。解くという能力とはかなり違います。だから、どんな問題でも読み終わったときにはもう答えがわかってしまうような大秀才でも、よい問題を発見できるとは限らない。そうすると、論文が書けないから、商売上がったりです。もちろん世の中には、これまで世界中の学者が考えてきても解けない有名な問題がある。そういう問題は、天才や秀才が何度も挑戦してダメだったのだから、解くのはたいてい無理。だから、普通の数学者の仕事は、そういう問題ではない問題を見つけ出すこと。しかもやさし過ぎず、難し過ぎない問題。それから、美しさも大切です。大体、美しい定理のほうが価値がある。数学史を見ると、美しい定理や理論ほど後世になって応用価値が出てくる。不思議なものです。

たけし　ルートマイナス1（$\sqrt{-1}$）、つまり2乗してマイナス1になるなんていう虚数みたいなのを考え出されちゃうと、理屈から言えばおかしいことになる。それが理論物理学とかに、強烈な力を発揮して応用できるようになるんですよね。

藤原　数学者が虚数をつくるときには、他の分野のことなんて何にも考えない。ただ、Xの2乗イコールマイナス1（$X^2=-1$）を解きたかっただけですね。数学者が数学をしながら、人類の幸福とか、実用的価値などを考えることはまずない（笑）。美しい数学だけを考えている。ところが、そういう美しい数学がつくられてみると、宇宙論、物理学、化学、生物学、経済学とかに応用されるようになり、結果的に役立っている。不思議ですよ。

たけし　その美しさは、日本人とアメリカ人は感性が違いますけど、数学者はどこの国の人でも同じように感じるのですか。

藤原　醜いか美しいかの感覚は大体一致します。それで、美しい数学だけが残ります。醜いのは自然に消えていってしまうんですよ。数学の美しさというのは、シンプルさというのが一つの重要な判定条件です。不思議ですが、美しいものはみんなシンプルです。複雑なものは美しくない。

数年前、理論物理学の素粒子論でトップのエドワード・ウィッテンという人と話したとき、「あなたの理論は正しいんですか」と聞いたら、「五百年たっても実験的には確かめようがないでしょう」と言うんです。「では、何でそんなものを正しいと思っているんですか」と質問したら、「数学的に余りに美しいから、これが間違っているはずがない」と言う。びっくりしましたね。

たけし　美しい数学は見ていて、うっとりする？

藤原　そうですね。天才数学者にはすばらしい美的感受性があります。

たけし　先生がご著書で書かれていたインドの天才数学者、シュリニヴァーサ・ラマヌジャンが生まれた場所なんかも、景観が美しくてすごいとか。

藤原　寺院がすごく美しいんですよ。天才というのは、人口に比例して出現しません。数学の天才が生まれた場所に行くと、必ず美しいものがあります。それに何かにひざまず心というのが必ずある。美の存在と、何かにひざまずく心と、それから役に立たないものを尊ぶ精神。この三つが天才の誕生には必要です。役に立つものばかりを追うような国からは天才は出てこない。何の役にも立たないような文学とか芸術とか学問、そういうものを尊ぶ国からしか天才は出ないんです。日本は数学の天才を輩出している国です。

数学者に向くのはしつこくて楽観的な性格

たけし おいら、最近、数学に目覚めちゃって、またちょっと勉強してみようかなと思っているんですよ。でも、この前まで夢中だったピアノはもうあきらめました。ピアノは、子供のときに触ってないと、そのハンディは一生残る。数学もピアノみたいに、子供の頃からやっていたほうがいいんですか。

藤原 いや、そんなことはないですね。数学は英才教育をする必要はないです。あんまりやるとダメですよ。例えば赤ん坊を私に一人任せてくれれば、五歳までに微分・積分の計算ぐらい簡単にさせられますってよく言うんです。

たけし えーっ。

藤原　そのことと、後になって数学の能力が伸びるかどうかは全然関係ないですから。先走ったことをするより、例えば幼稚園のときは砂場で遊んだり、友達とつかみ合いの喧嘩《けんか》をしたりしたほうがいい。片よらず普通の生活をしていたほうが情緒が育つように思います。情緒力がないと才能のブレークスルーって起きないんですよ。だから、数学の大天才で、三十年ぐらい前に亡《な》くなった岡潔先生は晩年、文化勲章をもらいました。天皇陛下から「数学の研究ってどうやってするんですか」と聞かれて、岡先生は「情緒でいたします」と答えられたんです。陛下は、「あっ、そう」とおっしゃられたらしいですが（笑）。

たけし　いい話だな（笑）。

藤原　その後で、新聞記者が「先生がおっしゃった〝情緒〟ってどういうものですか」って質問したら、「野に咲く一輪のスミレを美しいと思う心です」と。多分、新聞記者は答えの意味がわからなかったと思う（笑）。しかし、数学者なら岡先生のおっしゃりたいことがよくわかる。野に咲く一輪のスミレの美しさに感激して、それに愛情を持つ。その気持ちが数学の研究と同じだって言うんですね。

たけし　美しいものが身近になかったら、数学者にはなれないんですね。

藤原　ただ、美的感受性は生まれつきではなくて、教育で養われますから、景色でなくてもいいんです。何か美の体験があればいい。美しい絵や音楽、美しい文学に触れることもよい。例えばお母さんが夕方、子供を連れてお買い物に行く。西の空が真っ赤に燃えているのを見て「ああ、何て美しい」と立ちどまるとか。

たけし　じゃあ、おいらは失格だな（笑）。おいらが計算にたけていたのは、子供時代に遊んでいて、おふくろが「ご飯だよ」と呼んだときに、パッと飛んでいって、コロッケの枚数とそこにいる人数を数えるんですよ。コロッケが1枚余ると計算したら、先に食べることができたから（笑）。

藤原　コロッケの数を足したり割ったり、その算数自体が美ですから。たけしさんが言ったように、1から奇数だけを足していくとその和はいつも2乗になっているとか、奇跡的な美しさで満たされています。

例えば大きな紙に、10センチずつの間隔で平行線を引いて、長さ5センチの針をその紙の上にポーンと投げるとします。その針が落ちたときに、平行線のどれかに触れる確率は「π分の1」なんです。314万回投げると100万回ぐらい触れるということです。円とは何にも関係ないのに、円周率が出てくる。そこには神様のたくらみがあるとしか思えません。

たけし　数学者が「あっ、この確率は『π分の1』かもしれない」と思いつくような

とって、世の中すべてのものが数字に見えているんですかね（笑）。

藤原　あんまりそういう感じでもないです。イメージと抽象的な思考が頭の中で行ったり来たりしていますね。抽象だけではなく、必ずイメージがないと、人間は独創が進まないんですよ。どんな抽象的なことでも、必ずイメージを自分自身で持っているんですね。人間は不思議ですよ。

たけし　どんなイメージなんですか。

藤原　幾何的なイメージなどです。

たけし　なるほど、ピタゴラスの定理だって、ピタゴラスが寺院の敷石のモザイクを見て、その柄で思いついたという。そういうものなんでしょうね。

藤原　そういう風に考えると面白いんですよ。数学ができることは必ずしも頭がいいことではないのだけど、今は数学が頭の良さを計る基準みたいになっているでしょう。私なんか数学者をやっていると、頭がいいと勘違いされるので、とてもありがたいんです（笑）。絵だって、音楽だって、スポーツだって、それができることは脳の活動という意味では同じなんですけれど。

たけし　数学者に向いているタイプってありますか。

藤原　数学者に向いている性格は、しつこいことと楽観的なことです。悲観的な人は絶対ダメですね。

たけし　問題を見て、これは解けないと思ったら……。

藤原　ダメダメ。自己分析してしまう人とか、自己猜疑《さいぎ》心《しん》がある人とかは向いていませんね。というのは、すばらしい研究ほど成果が出るまで、どんな天才であっても挫《ざ》折《せつ》に次ぐ挫折の連続なんです。だから、楽観的に思わないとやっていけない。例えばスタンフォード大学にフィールズ賞をとったある大天才がいるのですが、彼はどんな問題を見せられてもすぐに「オー・イッツ・ソー・イージー《そんなのは簡単だね》」と言うんです。それで、たいてい解けないらしいんだけど（笑）。

たけし　よくいるタイプだな（笑）。

藤原　解けなくてもいいんですよ。「オー・イッツ・ソー・イージー」と思わないと、人間は脳みそが働かないんです。難しい問題をパッと出されると、やっぱり萎縮《いしゅく》してしまいます。だから、まず「オー・イッツ・ソー・イージー」で自分を勇気づけるんです。天才でもそれが必要なんです。だから、数学の嫌いな子って、試験問題を配られて見た瞬間、「ああ、これはダメだ」とか思って、能力の三、四割しか出せないんです。

たけし　数学に限らず、人生全《すべ》てそうかもしれませんね。

藤原　楽観的にならないとできないですよ。

たけし　それに数学者は集中力もすごいわけですよね。

藤原　それはすごいですね。カール・ルードヴィッヒ・ジーゲルという世紀の天才は、朝八時から数学を始めて、ちょっとお腹《なか》が減ったなと時計を見たら夜の十二時だった（笑）。そういう人が時々いて、私のようなへっぽこ数学者は一時間も考えると、「コーヒー飲みたいな」とか「寝っころがりたいな」とかなるんですけれども。よく数学者は若い時のほうが業績を上げられると言われるのは、体力があって、集中力が持続するからなんです。

たけし　おいらも朝十時から映画の編集を始めて、フィルムをカットしているでしょう。するとスタッフが「たけしさん、お昼、食べません？」って。時計を見るともう夜の八時（笑）。ところで、お隣の中国とかに数学の天才はいないんですか。

藤原　中国人は頭がいいんですよね。ところが、中国では一流数学者は育ちにくい。なぜなら一流の指導者が極めて少ないからです。アメリカには中国人の天才数学者もいますが、そういう人は十分に厚遇されているし、共産党独裁下の中国で窮屈な思いをしたいとは思わないから、いくら好条件を出されても帰ってこない。だから、数学のレベルは日本の方が中国よりはるかに上だと思います。いくら数学はインターナシヨナルなものだといっても、やはり優秀な学者は一定数母国にとどめておかないといけません。指導者がいないと後進が育たないのです。

たけし やはり、アジアでは日本の独壇場なんだ。それなのに、日本でも算数嫌いな子が増えているというのは悲しいね。

藤原 イギリスなんかでも似たようなことがあるみたいです。社会科の教科書なんて、寝っ転がっていてもわかりますから。数学は寝っ転がっていては、わからないですよ。机に向かって、鉛筆を持って、計算したり、眺めたり。幾何だって、補助線を引いたり消したりしなければ、わからない。やっぱり忍耐力と我慢力が必要ですよ。子供たちにそれができなくなってしまったんですね。

たけし 社会科では、そうやって問題が解けたときの喜びみたいなものがないだろうね。

藤原 数学の問題が解けたときの喜びっていうのは、本当に他とは違う喜びです。歴史の問題で、「生類憐《あわれ》みの令が出たのはいつでしょう」って出されて、それを調べてわかっても、そんなにうれしくないですよ。数学の問題を何時間もかけて解いたときは、本当にうれしい。便秘の解消よりもっとうれしい。

たけし おいら、中学の数学の問題をやってみて、絶対答えを見ずにやろうと思った。

三時間かかって解いて、それで答えを見たら合っているわけ。答えが正しくて、発想の仕方が当たっているとうれしい。

藤原　子供でも、本当に才能のある子はそういう子です。三時間ぐらいはねちねち考えます。長く考えれば考えるほど、その後の喜びが鋭くなりますからね。それから、考えることに対して自信がもてますよね。一生懸命考えて、自分で問題をねじ伏せたわけですから。

たけし　だけど、一方で数学は残酷ですよ。おいら、絵をかくじゃないですか。絵の具の色を間違えても、ごまかせるでしょう。でも、小数点の打ち方を一つ間違っても、答えは全然違ったものになりますからね。

藤原　それが怖いんですよ。百ページの論文だって、その中の一行が間違えていたら、もうごみくずですから。

たけし　そこをクリアして、フェルマー予想（nが3以上の整数のとき、$X^n+Y^n=Z^n$を満たす正の整数X、Y、Zは存在しない）のように証明することができれば、それが定理になって後世に名を残せるわけだ。

藤原　ですから、フェルマー予想も今は、アンドリュー・ワイルズの定理になっています。フェルマー予想をワイルズが解いたときは、そのニュースはその日のうちにE

メールで世界中に届きました。その瞬間、私が何を思ったかというと、「間違っていればいいな」と(笑)。美しく輝いていた星が消えてなくなるようなものだし、正直言って嫉妬《しっと》もありました。

たけし 今はEメールがあるけど、昔は他の誰かがすでに解いたのに、それを知らずに解いていたこともあったでしょうね。

藤原 私だって一年かけて解いたら、すでにその三年半前に論文になっていたことがありました。あのときは青ざめましたね。本当に一年間、女の子と遊んでいたのと同じですから(笑)。一年間、何の意味もなかったことになってしまう。一日早いかどうか、一時間早いかで、優先権が決まりますから、きつい世界ですよ。

たけし 本当におネエちゃんと遊んでいれば、まだあきらめもつくだろうけどね。おいらも美人の家庭教師でも雇って、数学をやり直せないかな。先生、お茶の水女子大にはいませんか。

藤原 さっきも言いましたが、数学をやる人は純粋で正義感の強い人が多いのですが、ちょっとしつこいところがある。未練がましく、いつまでもしつこくねちねち、忘れずに問題を考え続けるようなタイプが向いていますから、失恋して三十年たっても忘れないような、そんなタイプでいいんですね?

たけし　一歩間違えれば、ストーカータイプか。やっぱり、おいらは〝毒学〟で頑張ります（笑）。

心があるから態度に出る　誇りが育む祖国愛

佐藤愛子（作家）

落ちるところまで落ちてしまったとさえ思える今の日本……かつてのよき時代は過ぎてしまったが、これから未来を担《にな》う今の子供達には、何をどう教えていくべきなのか。彼らが誇りを感じられる日本であるためには？

繁栄はしたけれど「幸せ」は達成したか

佐藤　教育再生が叫ばれていますが、いま教育を論じることに、私はとても無力感があるんです。そもそも教育以前に理解できないことがたくさんあって。

たとえば最近、近所の氏神さまのお祭りに孫を連れて行きました。向こうから子供神輿《みこし》がやって来たんですが、五十歳ぐらいのねじり鉢巻をしたおやじさんが「わっしょい、わっしょい」といっているだけで、子供たちはまったく反応しない。「これじゃあ半病人じゃないの」と孫にいったら、「いまの子供は皆、疲れているのよ」と彼女が答えたのでびっくりしました。

そもそも子供が疲れるなんて、私たちの世代では考えられない話です。片時もじっとしていなくて、何かあると叫ぶし、走るし、騒ぐ。すぐに調子に乗るのが子供だったのに、そうじゃなくなっているということは、教育以前に何かが衰弱している感じがします。

藤原　いまの子供や若い人は、電車のなかでもやたら座っていますね。少しぐらい立っていればいいのに胡坐《あぐら》をかいたり。私の仲人《なこうど》をしていただいた、フィールズ賞を取られた小平邦彦先生が、学生のころ家で「ああ、疲れた」といったらしいんです。そうしたら明治十七年生まれのお父さんが「疲れたなどという言葉は、一俵の米を担《かつ》いで一里歩いたあとにいえ！」と。いまの子供は腰砕けになって一俵を担ぐことすらできないでしょう（笑）。

あるいは私たちが子供のころは、学校帰りに皆で歌を歌ったものでした。明治時代はもっとすごかったようで、ヴェンセスラウ・デ・モラエスというポルトガルの作家が日本に来たとき、「日本人は歌ってばかりいる」と驚きました。大工はとんかちをふり下ろしながら歌う、おばさんは洗濯しながら歌う、魚売りも豆腐売りも歌いながら物を売る、子供は学校の行き帰りに歌う。歌で満ちた国だと不思議がっている。

でも、最近の子供は歌を歌いません。疲れているというより活力がない。しかし、子供のときの活力は大人になってからの活力に直結していて、独創的な科学者ほど子供のときには手に負えないやんちゃだったりする。子供たちの活力のなさは、日本人のエネルギーが低下している象徴ともいってよいと思います。

佐藤　これは日本だけ、それとも世界的な現象でしょうか。

藤原　文明国は皆、似ていると思います。途上国に行くと子供たちの目が輝いているといいますね。ああいう国にはまだ活力がある。ところが文明国では以前私が住んでいたイギリスも、子供たちに生気がなかった。

さらにいえば、イギリスで私が教えていたケンブリッジ大学はトップエリートが行く大学なのに、学生たちが将来の夢を何も語れなかった。日本でもかつては「末は博士か大臣か」などといったものですが、いまの若者は将来に対してとても悲観的です。一種の文明病といっていいのかもしれません。

佐藤　活力というのは、自由すぎたり豊かだったりすると育たないものなんでしょうか。

藤原　一所懸命勉強しないと食べていけない時代には皆、否応《いやおう》なしに勉強しますよね。貧しい家に生まれても、勉強すれば上層に行けるからです。

佐藤　でもいまは貧しくないから頑張る必要がない。これは「幸せ」ということですね。

藤原　戦後、焼け野が原のときは皆、この「幸せ」をめざしたんじゃなかったんですか。

藤原　そうですね。たとえば十九世紀後半、ヴィクトリア時代のイギリスは栄えに栄え、七つの海を支配して儲《もう》けに儲けました。その金で世界中の財宝をかき集めた。しかし経済繁栄とは百メートル競走のようなもので、年寄りは若い人には絶対に勝てない。二十世紀に入ってからアメリカやドイツに次々と追い越されたイギリスは、熟年には熟年の生き方がある、と金や地位、名声とは違うものに幸せを見いだし、世界で初めて「優雅に朽ち果てる」ことを発見したんです（笑）。

イギリスである程度成功した人は、まずロンドンには住みません。田舎へ移り、裏庭でガーデニングを楽しむ。立派な紳士や貴族たちが長靴を履いて、泥んこになりバラを植えたりイングリッシュ・ガーデンをつくったりするんです。その結果、イギリスは世界で最も美しい田園風景をつくり出しました。

日本はいまイギリスの百年前を追い掛けていて、繁栄はしたけれど、自然は壊され、都市も醜く、子供は活力を失い、医療問題やリストラなどの不安に接し、「幸せ」を達成した気がしない。「失われた十年」を経て、少しずつ経済は回復してきたといわれますが、かつてを懐《なつ》かしむよりも、イギリスの生き方に日本は学ぶべきでしょう。

佐藤　しかし難しい部分もありますね。私は毎年夏のあいだ、北海道の山の上の一軒家ですごしていますが、いま北海道では定年退職した人を招き、余っている土地で農耕などを楽しんでもらおうという計画を立てています。しかし、都会に住んで、暖房にしろ冷房にしろ、スイッチ一つで思うがままの気温で暮らす生活を味わった人間が、北海道の厳しい冬に耐えられるのか、私には疑問です。

イギリスの場合、物質文明が爛熟《らんじゅく》するまでに頂点を極めたから、人びとに田園生活をする力が残っていたようにも思います。

藤原　かつて山本夏彦《なつひこ》さんが「いま、日本人は極楽にいる」といいました。蛇口を捻《ひね》るとお湯が出る。空には飛行機が飛び、家には電気冷蔵庫もテレビもクルマもある。そういった風景は大正四年生まれの彼が子供の頃に極楽図として本で見たもので、いまの日本人はそんな状況に置かれている、と。

しかし、いくら文明が進歩しても、文化は後退することがあるんです。子供たちの生気がなくなったのもそうですし、私の学生たちもあからさまに情緒力が落ちています。もののあわれや美しいものに感動する力、他人の不幸を感じ取る力などが十年前に比べてガタ落ちです。そして十年前の学生は、二十年前の学生に比べてガタ落ち。さらにいえば、小中学生の学力もガタ落ち。おそらく明治以降、いまの日本人は最低レベルにまで落ち込んでいる。文明は確実に進んで生活は進歩しているけれど、文化や人間性は後退期に入っているといってよい。

佐藤　そうなるともう、教育をどうこうするという問題ではないんじゃないですか。

藤原　しかし真っ先に何に手をつけるべきかといえば、やはり教育以外にはない。政治や経済をいくら改革しても、人間そのものの活力は戻りません。

佐藤　ただ、教育をする人間の側にも問題がありますね。

藤原　そうなんです。親も先生も総崩れ。私はよくいうんですが、七十歳以下の日本人は、財界から政界、官界、学界に至るまで総崩れです。七十五歳以上の日本人の教養には目を見張るものがあります。とくに旧制高校で育った人がそうで、彼らがずっと戦後をリードしてきましたが、現在では皆、引退してしまいました。その後、一九八〇年代の後半ごろから実権を握ってきたのが現在七十歳以下の人々、つまり戦後教育にどっぷり漬かった人たちです。彼らはＧＨＱや日教組によって、日本人としての誇りや自信を否定されている。そんな人たちが教育者として振る舞っているんです。

最近、いじめを理由に生徒が自殺した問題で、先生がいじめに加担し、「ひどい」と批判されています。でもあの事件は氷山の一角で、いまは日本中、どんな組織でも同じようなことが行なわれている。なぜなら「卑怯《ひきょう》」ということが教えられなくなったからです。

大勢で一人をやっつける、六年生が一年生をぶっ飛ばす、男が女に手を上げる、ケンカのときに武器をもつ……。これは皆、卑怯な行為で、言語道断だと私たちは教えられました。喧嘩の時に武器として何かを手にしようものなら親に半殺しにあうのが普通でした。論理も何もなく、親やおじいさん、おばあさんから、単純に絶対ダメ、といわれて育ったのです。

しかし、いまはすべてに理屈が必要です。ところが卑怯はダメだからダメというだけで、いけない論理などないからうまく教えられない。そこで並べ立てるのは「皆で仲良く」という空虚な言葉。でも夫婦間ですら仲良くできないのですから、「皆で仲良く」なんてできっこありません。いじめ一つとってもいまの先生や親には任せられない。まして惻隠《そくいん》やもののあわれなど、彼らに教えられるとは思えない。

佐藤　卑怯ということを教えなくなったために、判断の基準が損得ばかりになっていますね。

藤原　日本人の武士道精神は、もともと金銭というものを低く見てきた。フランシスコ・ザビエルが日本に来てまず驚いたのは、日本人は貧しいことを恥ずかしがらないということでした。貧乏な侍が、金持ちの町人に尊敬されている。ヨーロッパではつねに金持ちの貴族階級が敬われていますからね。それが変わってしまったのは、ひと言でいえば戦後のアメリカ化の影響です。何でも金銭で測る、数字で測る社会になってしまったのです。

佐藤　昭和二十年代だったと思いますけれど、学校の先生たちが学校を休んで子供たちに自習させ、プラカードをもって待遇の改善を叫んだことがありましてね。そのとき明治生まれの母は、「教師たる者が教育をなおざりにして、収入を上げよという運動をするとは何事か！」と怒っていました。私はまだ若かったから、年寄りくさいことをいうなあと思ったものですが、当時からそういうことを恥ずかしがらなくなりましたね。

藤原 かつて教師は聖職でした。そして、聖職としての責任をどう果たすかという使命感をもっていたんです。遡《さかのぼ》れば江戸時代の寺子屋から、日本は世界でもっとも優れた先端的な教育システムをもっていた。それを戦後、GHQと日教組がめちゃくちゃにした。

いま、すべての人が「教育を直せ」といいますが、「どうやって直すか」というところで皆、暗礁《あんしょう》に乗り上げてしまう。安倍《あべ》内閣も「教育再生」を唱えていますが、その中身といえば、教育バウチャー制を導入して親に小学校や中学校を選ぶ権利を与えるとか、大学入学を九月にするとか、本質とは関係ない話ばかりです。

真に教育の再生を考えるには、日本の国柄などを客観的に見詰めたうえでの大局観が必要です。しかし、この大局観は教養がないと生まれない。では教養とは何かといえば、一見何の役にも立たないようなもの、文学や芸術、思想、歴史、科学などです。旧制高校の人々が引退したのが痛いというのは、彼らがその教養をもっていた最後の世代だからで、いまは大学教授ですら教養の足りない人が多くなりました。

誇りを取り戻すことが祖国愛の基になる

佐藤　教育基本法の改正案で、自民党が出した「愛国心の涵養《かんよう》」という文言に対し、「心」を使ってはいけないという反対があり、「我が国と郷土を愛する態度」に変更されました。でも大正生まれの私の世代からすると、「心」があるから「態度」に出るわけで、逆にいえばなぜ「心」がなくて「態度」だけが出てくるんだろうと不思議に思うわけです。

そもそも私たちは、万世一系の天皇が知ろしめす日本のような素晴らしい国は、世界に二つとないと教えられて育ちました。あるいは戦争で負けたことがない、夷狄《いてき》に国土を汚されたことがないなど、さまざまな「誇り教育」を施されてきた。それが愛国心の基になったわけです。

でもいまの学校教育では、日本人が中国でこんなに残酷なことをしたとか、慰安婦を戦地に連れていったとか、子供たちが「なんて情けない国に生まれたんだろう」と自分の国に誇りをもてないことばかり教える。こんな状態で愛国心をもてというほうが無理な話です。

藤原 私の学生も、日本は侵略を繰り返した恥ずかしい国だ、と思って大学に入ってくる人がほとんどです。特攻隊の兵士に対しても、大学まで行きながら軍国主義に洗脳されて「天皇陛下万歳」と散った哀れな人々、と見下している。私はそんな学生に、戦没学生の手記である『きけ わだつみのこえ』を読ませます。すると学徒兵が戦場でニーチェや『万葉集』を読み、故郷に残した親や恋人、兄弟に情緒溢《あふ》れる素晴らしい遺書を書いていることがわかる。その結果、今度は「自分たちは戦前の学生に比べて教養も、文章力も、情緒力もない」と劣等感をもつようになるんです。

佐藤 その違いは理解できるんですね。

藤原 ちゃんと読めばわかるんです。

佐藤 しかし、当時に私たちが植えつけられた誇りは現代では通用しないし、否定すべき側面もありますね。じゃあいま、どういうことを誇りとして子供たちに伝えるべきか。敗戦後、焼け野が原で食べ物もなく、ほんとうにひどい状態からわずか五年後にはあらかた復興した日本民族がもつ底力、これこそが伝えるべきものではないでしょうか。他の敗戦国でこれだけ早く復興した国はないでしょう？

藤原 そうですね。しかし、たとえば日本がこれから五百年、経済繁栄を謳歌《おうか》し、世界一の経済力を続けたとしましょう。それでも日本人は自らに誇りをもつことはできません。どれだけ経済が繁栄しても、自国の生んだ文学や芸術など文化遺産に触れ、歴史を学ばなければ真の誇りを抱くことはできないんです。

ケンブリッジ大学にいたとき、公式ディナーでノーベル賞をとった学者、四、五人に囲まれる機会がありました。鼻っ柱の強い私もさすがに圧倒されそうになりましたが、そういうときに島崎藤村の『千曲川旅情の歌』を思い出すわけです。そうすると「よし、私はこんなに情緒溢れる美しい詩を聞きながら育った。お前たちにこれはあるまい」と胸を張り、次の日からまた研究に頑張れる。結局、海外に出て四つ相撲で戦うためには、経済力など何の足しにもならない。自国の歴史、伝統とか生み出してきた文学、芸術、学問などの文化に誇りをもっているかどうかがすべてなんです。

佐藤　愛国心についてもう少しいえば、最近、私たちの世代が考える愛国心と、若い人たちの考える愛国心の違いに戸惑うことがあります。私の孫はいま中学三年で、高校か大学に入ったら外国に行きたいという。だから「外国へ行くのは日本を背負って行くことだから、ブランド品を買い漁《あさ》ったりして日本の恥になるようなことはやめなさい」といっても、意味を理解してもらえない。国の恥になることをしないのは愛国心の一つだと思うんですが、それが通じないんです。

藤原 日本における「愛国心」という言葉は異質なものを含んでいると思います。一つは「祖国愛」。もう一つが「ナショナリズム」。祖国愛とは自分の国の文化や伝統、歴史、情緒、自然などを愛する態度で絶対に必要なものですが、自国の国益ばかり追い他国はどうでもよいというナショナリズムは非常にうさん臭い。

佐藤 ナショナリズムは侵略などの方向に直結しますからね。

藤原 必要なのは言葉の峻別《しゅんべつ》です。戦前もその二つは区別されず、なし崩し的に戦争まで突き進んだ。だから戦後は「愛国心」をすべて否定し、その結果、祖国愛まで失い、日本人は祖国への誇りをなくしてしまったのです。

佐藤 だから「愛国心の涵養」を「我が国と郷土を愛する態度」に変えるのでなく……。

藤原 「祖国愛の涵養」にすればいいのです。佐藤さんのお孫さんのように外国へ行くという場合、いくら英語をうまく話せても現地では相手にされません。たとえば私がケンブリッジ大学であるフィールズ賞受賞者と初めて会ったとき、いきなり彼は「漱石の『こゝろ』のなかの先生の自殺と、三島由紀夫《ゆきお》の自殺は関係あるのか」と私に尋ねました。ロンドンに駐在していたある商社マンも「縄文式土器と弥生《やよい》式土器はどう違うのか」「日本は二度蒙古《もうこ》に攻められたが、最初と二度目とはどう違うのか」

などとイギリス人に質問されたそうです。

　イギリス人は割合に陰険ですから、テストをしてるわけですね。そういう質問に答えられないと、文化的でない人間と判断され、相手にされず、商談もうまくいかない。外国に行くときこそ日本の歴史や文学を学び、いちおうのことをいえるようにしなければ恥をかくんです。

佐藤　そのとおりですね。ところがいまの若者は、それを恥とも思わない。以前、イタリアで日本の女子学生数名が男に声を掛けられ、部屋までついていき、順番に襲われたという話がありました。あれこそほんとうに国辱ものです。そういう教育をきちんとしてから送り出さないと、国に対して申し訳ない。

藤原　いまの子供たちの道徳はたった一つしかありませんからね。「人の迷惑にならなければ何をしてもよい」。援助交際にしても、「自分も男も楽しくて、誰の迷惑にもなってないからいいじゃないか」となる。そこに倫理という発想はありません。

佐藤　だから私の考え方を理解してもらうにも、百万言を費やさなければわからない感じになってきた。発想の前提が全然違うんです。

藤原　それに話しても語彙《ごい》が貧しくてよく理解できない。いまの中学生たちはほとんど百か二百の言葉で日本語を話しているように思えますが、これは由々《ゆゆ》しき事態です。

たとえば「好き」「嫌い」の二つしか知らない人間はほんとうの恋愛ができず、獣のようにしか愛し合えない。「密《ひそ》かに慕う」「恋い焦《こ》がれる」「一目惚《ぼ》れ」「横恋慕」などさまざまな言葉を知ってこそ、恋愛のひだも深くなる。語彙というのは思考とほとんど同じです。ボキャブラリーが貧困な人は論理的な思考もできず、自分の考えを説明することすらままなりません。論理的思考を養うには数学ではダメで、自らの主張を書いたり話したりするのがいちばんです。

佐藤　携帯のメールなんてほんとうに短い言葉でやりとりするだけでしょう。ああいうものは禁止すべきです（笑）。インターネットの「2ちゃんねる」という掲示板もひどいらしいですね。悪口の言い放題で、しかもすごく下劣な言葉らしくて。そもそも人間のもっている醜い部分というのは、本来隠すべきものでしょう。いまはそれをどんどん吐き出してよい世の中になってしまった。

藤原　これもアメリカ化の影響です。アメリカは自由と平等のチャンピオンですから、自由を制限するのはとんでもない、という発想になる。でも、ほんとうは自由と平等なんて欧米人がつくりだしたフィクションにすぎない。平等など生まれつき存在しないことは、日本中の女性のキムタクに対する態度と、私に対する態度の違いを見れば明らかです（笑）。フィクションに釣られて日本の国柄をどんどん壊しているんです。

私は二十一世紀とは、いかに自由を制限するかという時代になると思います。本来、絶対に確保すべき自由とは権力を批判する自由だけで、あとはある程度制限しても一向に差し支《つか》えない。「2ちゃんねる」のような日本人の美学に反するものは規制の対象にすべきでしょう。少し前に「藤原正彦の惨殺死体がなるべく早く発見されますように」というのがありました（笑）。その時から一切見ないことに決めました。イギリスをはじめとするヨーロッパ諸国では、すでにさまざまな規制を掛けはじめていいます。いまの日本はあまりにもアメリカに偏《かたよ》りすぎて国を損ない、国家の品格を失ってしまっている。

佐藤　藤原さんの『国家の品格』があんなに売れているのに、ちっとも日本の品格が上がりませんね（笑）。

品格といえば、かつて戦前の政治家は皆、素晴らしい品格をもっていました。小学校のころ、日露戦争における旅順開城の様子を描いた『水師営の会見』という歌を歌ったものですが、乃木大将がロシアのステッセル将軍をねぎらったり、ステッセル将軍が乃木大将の武勇を讃《たた》えたりしていて、武士道精神が生きているなあ、と感激したものです。

藤原　乃木大将は、欧米人の従軍記者が惚れ込んでしまうほどの品格をもっていました。彼は降伏したロシアの将軍たちにサーベルの帯刀さえ許しています。連合艦隊司令長官だった東郷平八郎にも似たところがあって、日本が北九州に「日本海海戦勝利の碑」をつくろうとしたとき、「ロシア兵も勇敢に戦って海の藻屑《もくず》と消えた。その人たちを思えば勝利とは書けない。『日本海海戦の碑』ならよい」といったそうです。捕虜に対してもほんとうに心優しくて、日本の将校に対するものと同じ料理を振る舞ったそうです。彼らはそういう惻隠の情に溢れていました。

佐藤　『水師営の会見』の歌を歌うだけでも、私たちには惻隠の情や武士道精神が自然に染《し》み込みました。私の父（佐藤紅緑）も『少年倶楽部《クラブ》』で戦争賛美ではなく、子供たちに「忠君愛国」を教えようとした。当時の児童作家は、お金のため、原稿料のためということ以上に、子供に何か与えようという気持ちを強くもっていたんです。

藤原　私の子供のころはもう軍歌は歌いませんでしたが、代わりに佐藤さんの異母兄のサトウハチローさんや西條八十、北原白秋など、一流の詩人が書いた文部省唱歌や童謡をたくさん歌いました。当時の歌はほんとうに歌詞がいい。いまのような作詞家ではなく、一流の詩人が書いていますからね。歌うこと自体がとてもよい情操教育でした。

結局、日本がいちばん世界に自慢できるのは言葉の力なんです。先人の素晴らしい文化に触れるところから、惻隠、卑怯《ひきょう》を憎む心、勇気、正義、忍耐、慈愛、誠実といった武士道精神やもののあわれといった美的感受性を身につけ、失った誇りを取り戻すしかない。初等教育、とくに国語教育の立て直しが急務です。初等教育で自ら本に手を伸ばす子供を育てる。そして中学・高校では、古典をどんどん読ませる。西暦五〇〇年から一五〇〇年までの千年間、日本一国が生んだ文学は、その間全ヨーロッパが生んだ文学を質および量で圧倒していると思います。それに触れさせることで、子供たちに感動の涙とともに情緒や誇りを植えつけるんです。

いくら経済を改革しても、せいぜい国民の生活が多少、楽になるだけで、日本人の腐った魂は元には戻りません。真の教育者が少なくなったいま、素晴らしい書物や童謡を通じ、子供たちに誇りを学ばせるしか方法はない。活字文化の復興以外に日本が進むべき道はないと思うのです。

「たかが経済」といえる文化立国を

阿川弘之（作家）

武士道精神とよく似たジェントルマンシップの国・英国の海軍を手本としていた日本海軍にあった意外な「ユーモア精神」とは？ そして教育問題、経済界の動きから、阿川家、藤原家それぞれの家庭教育まで縦横無尽。

「ならぬことはならぬものです」という武士の教育

阿川　藤原さんは満洲の新京でお生まれになったんでしょう。僕の親父《おやじ》は満洲事変のずっと前から満洲で事業をやっていて、新京の駅からすぐの所に店があったんです。

藤原　大同大街ですか。

阿川　いや、大和ホテルを左に行って、日本橋通りと言ったかな？　ご一家はあのへんから帰ってこられたのかと思うとね、不思議なご縁だなという気がするんですよ。

藤原　六、七年前、母と一緒に初めて自分の生地を見に行ったんです。昔の新京の街は素晴らしかったでしょうね。一から始めた日本人の都市計画も見事なら、市内の建物も美しいものはみんな日本が作ったものばかりで。

阿川　そういうご縁はあるけど、お父さんが新田次郎でお母さんが藤原ていで、大伯父さんに気象学の藤原咲平先生がおられる。そんな家庭に育った藤原さんと教育の話をする資格は、僕にはないんじゃないかと思ってね。

藤原　でも、私は失敗作だって言われるんですよ。何年か前、母と口喧嘩《くちげんか》したら「お前なんか、引揚げの途中で北朝鮮の山の中に捨ててくればよかった」と言われました（笑）。

阿川　しかし、あれは大変な引揚げでしたね。お母さんの書かれた『流れる星は生きている』を読むと、しみじみそう思うもの。

藤原　阿川さんは、海軍で暗号をされていたんですよね。

阿川　解読のほうです。いわゆるインテリジェンスの仕事。

藤原　どこでされていたんですか。

阿川　台湾で海軍の基礎教育を、久里浜の通信学校で極秘のインテリジェンス教育を受けた後、一時期、東京におりました。霞ヶ関の海軍省の一郭に「海軍省第五分室」というのがありましてね、正式名称「軍令部特務班」。そこが暗号解読、通信解析の本拠でした。東京周辺で電波事情の一番いい東久留米の近くの大和田という所の通信隊が傍受した世界各国の軍事外交電報を、そこへ持ってきて分析していました。でもアメリカの主だった暗号はついに読めませんでしたね。

僕は大学で国文科、卒業したって食っていけないんだから中等教員の国漢の免状は必ず取っておけと先輩に言われて、その単位取るために支那《しな》語学を選んだんです。その後、海軍に入って希望する配属先を聞かれるんですが、一番軍艦に乗れそうなのは通信なんですね。それで通信志望の特技欄に、大嘘《おおうそ》なんだけど、支那語相当堪能《たんのう》と書いたら、特務班のC班、つまりチャイナ班に廻されて結局陸上勤務になっちゃったんです。重慶の外交軍事暗号はかなり解けていました。

藤原　明治時代でも支那語のできる人は諜報《ちょうほう》員になった人が多いですね。信州の福島安正や会津の柴《しば》五郎もそうです。

阿川　柴五郎、立派な軍人ですよねえ。石光真人《まひと》編の『ある明治人の記録』(中公新書)におさめてある柴五郎の文章も立派なものです。

藤原　少年・柴五郎が、戊辰《ぼしん》戦争で焼き払われた自宅の焼け跡から自刃《じじん》した母や姉妹の骨を拾う場面など、涙なしには読めません。長じて陸軍に入り、義和団の乱で北京の外国公使館区域が包囲されたとき、五十五日間にわたる八カ国連合による籠城《ろうじょう》戦を指揮して、その冷静沈着な指揮振りと清廉な人柄が世界中の賞賛を集めるんですね。籠城で活躍した数十名の日本軍兵士ばかりでなく、救助に向かった広島の第五師団の兵士の、その優秀さや勇敢さ、略奪や強姦《ごうかん》を絶対にしなかった規律正しさがイギリスやヨーロッパの新聞でも連日のように報道されて評判になった。敗残した清国兵も勝利した欧米各国の兵も、当然の権利のようにそういった蛮行に夢中だったからです。

これにより極東の小国だった日本が見直されて、二年後に日英同盟が結ばれる布石になったと思います。

阿川 柴五郎は会津でしょう。会津武士の教育と精神が生きていたんですね。

藤原 ええ、日新館の「ならぬことはならぬものです」ですね。今はみんな何でも理屈を言いますよね。どうしていけないのかって。それに対しては「ならぬ」で、駄目だから駄目なんだと上から押し付けるしかない。阿川佐和子さんにお会いしたら、「阿川家は全部そうでした」と言っていました(笑)。

阿川 それは我が家が無茶苦茶なだけですよ(苦笑)。

藤原 たとえば、卑怯《ひきょう》な真似《まね》はするなとか、嘘をついちゃいかんというのは理由なんてないですから、子供には押し付けないといけない。

阿川 新田次郎さんの家庭教育はそうだったんですね。

藤原 はい、藤原家は私の祖父の代から百姓をしているんですが、元々は諏訪の高島藩の武士、と言っても一番下の足軽ですが。馬に乗れなくてその横を槍《やり》持って歩いていた。だから私も足だけは自信があるんです(笑)。ただ、父の祖父、私のひいおじいさんは江戸末期に生まれ、すごい武士道精神の人だった。家に三畳の「切腹の間」がありまして、何か不名誉なことがあったら腹を切れ、と。

阿川　使ったことはなかったんですか。

藤原　ありませんでした。普段は畑仕事をやっているわけですから。戦いは幕末に水戸の天狗《てんぐ》党を迎え撃った時だけです。

ただ、父は事あるごとに「おじいさまはこう言っていた」と私に言うんです。たとえば父が七歳くらいのとき三、四キロ先の上諏訪で火事がありまして、父は飛んでいって焼け跡から焼けぼっくいを取ってきた。そして、父の祖父に自慢げに見せたんですね。そしたら祖父は烈火のごとく怒って「火事場泥棒は泥棒の中でも最もいけないものだ、火事場からは絶対何も持ってきてはいけない、直ちに返しに行け」、そう言われて父は泣く泣く夜中に山道をまた返しに行ったそうです。

阿川　いい話ですね、それは。

藤原　私、その話を何度も聞かされました。要するに卑怯な行為の例なんです。ですから、昭和二十年八月九日にソ連が満洲に侵攻してきたのは、まさに火事場泥棒です。ソ連は日本がポツダム宣言を受諾した後も南樺太《からふと》や千島列島に侵攻しています。そのうえ六十万人もの人間を抑留し、何年もの間、強制労働をさせました。あれは永遠に許してはいけない卑劣な行為です。

それに比べて日本では、阪神淡路大震災のときに略奪がなかった。欧米でも中近東、中南米でもどこでも、災害があれば必ず起こるんですが。

阿川　そうですよ、カリフォルニアの地震のときだってそうだった。阪神のときさすがに韓国の新聞が、略奪行為のなかったことに感心した記事を出したそうですね。

藤原　私の学生達もボランティアとして駆けつけました。ああいうのを見ると、日本人もまだ捨てたものじゃないな、武士道精神が生きているなと思います。

海軍の伝統は、やはり英国流だと思いますが、阿川さんもそういう雰囲気を感じられましたか。

阿川　亡《ほろ》びる前の末期の海軍だけど、その雰囲気はある程度残ってました。海軍は、幕末頃はオランダですが、あとは終始一貫英国に学んでますからね。

じゃ、英国流の教育とは何かと言われてもうまく答えられないけど、海軍の機関科の中将で森田貫一さんという人がいました。大正十三年から十五年にかけて、英国駐在を命じられて、オックスフォードに学ぶんですが、あるときアメリカの教育使節団がドイツのベルリン大学に寄ってから英国へ来て、オックスフォードを訪れるんですね。オックスフォードの総長が歓迎のパーティを開いて、「みなさんはドイツで学者を作る教育は十分見てこられたと思う。ここオックスフォードにおいては人間を作る教育を見てほしい」と挨拶《あいさつ》したそうです。そのパーティに列席してて大変感銘を受けたと晩年の森田中将に聞かされたことがあります。

藤原　英国のパブリック・スクールの教育は、結局ジェントルマンを作る教育ですよね。ところがジェントルマンシップと武士道精神はほとんど同じなんです。

阿川　そうそう、大変似ているんですよ。英国の学校教育について書かれた、池田潔《きよし》さんの『自由と規律』(岩波新書)を読んでも、そう思いますね。

藤原　だから日本人と英国人はお互い理解しやすい。同じアングロサクソンといっても多民族の混じったアメリカ人は、なかなかわかりにくいのですが。慈愛、誠実、勇気、忍耐、惻隠《そくいん》などキリスト教から発した騎士道精神、そこから発展した紳士道と、武士道精神は九割がた同じです。違うのは女性に対する態度ぐらいで(笑)。あと武士は辞世の歌を詠《よ》んだりしますが、紳士のほうはあまり詩歌は書きません。

ユーモア精神を心得ていた日本海軍

阿川　僕が藤原さんの『遥《はる》かなるケンブリッジ』(新潮文庫)で特に気に入っているのは、数学科の同僚のリチャードが「イギリスで最も大切なものはユーモアだ」と言うところ。あれは武士道精神にあんまりないですなあ。

藤原　武士にはないですね。町人にはありましたが。ユーモアは英国では紳士の品質証明です。

阿川　藤原さんも書いてるけど、危機的状況になったときに最も値打ちを発揮するのがユーモアだという。ただのシャレや笑い話じゃなくて、英国人にとって深い意味を持つんですね。

海軍には『初級士官心得』という、会社で言えば新入社員への社長訓辞か就業規則みたいな覚書があるんですが、それに「ユーモアを大事にしろ」ということが書いてある。ユーモアの大切さを説いた組織は、日本で海軍だけなんです。

藤原　それはすごいことですね。私は三十人ぐらいのイギリス紳士にリチャードの言葉を伝えて、どう思うか聞いたんです。そうしたら全員が「アイ・アグリー」でした。

阿川　面白いなあ。

藤原　びっくりしましたね。どんなに頭がよくても、家柄がよくても、人格が高潔でも、ユーモアがないと紳士の資格がないと言うんです。日本には落語もあるし、ユーモアのセンスは元々すばらしいんですよね。

阿川　江戸時代は笑いの花盛りなんですけどね。明治になって意外にしぼむんですよ。漱石の『坊っちゃん』とかユーモア文学の傑作も生まれてますけど、どうも文学として二流であるように思われがちなんでね。本当は優れたユーモア文学はよほどの素質と学識と、物事を冷徹に見る眼がなかったら生まれないんですが。

藤原 イギリスの本屋へ行くと、「ユーモア」というセクションがあって、壁いっぱいに本が並んでいます。それがドイツへ行くと、そういうセクション自体がないんですね。イギリス人とドイツ人は民族的には近いはずなんですが、ユーモアに関してはまったく違いますね。

阿川 フランスにENA（国立行政学院）というグランドゼコールがあるんでしょ。そこの口述試問に「ウィーンにおけるドナウ川の水深を問う」という問題が出たことがあるんだそうです。何メートル何センチなんて答えても何の点もくれないんだってね。「ドナウはウィーンを西から東へ約八キロにわたって貫流しておりますが、どの地点の水深をお答えしましょうか」という風に言えれば合格らしい。

海軍にも似たようなテストの仕方があって、例えば「蟻《あり》の歩くスピードは何ノットか」。これなんかも、数字を挙げたって点はくれない。「世界には約四千種類の蟻がおりますが、どの蟻のスピードをお答えしましょうか」と言ったら、「よし」ということで九十点ぐらいもらえるんだそうです。

藤原 なるほど、ユーモアは機智《きち》や精神の余裕を大事にするということですね。

阿川　それと、精神のフレキシビリティでしょうね。松永市郎さんという兵学校出の友人が「ラッパのひびき」という文章を書いているんです。海軍は時間厳守が当然で、五時帰隊となったらきちんと守らないと懲罰どころじゃすまない。ところがある日、どこかの海兵団で一人帰ってこないのがいるんでヤキモキしてたら、向こうの方から走ってくる水兵が見える。だけど、距離から考えてとても間に合いそうにない。そしたら当直将校が「ラッパ手、ラッパの手入れはいいか」と言うんですって。ラッパ手は吸い口を外して手入れを始める。そのうちに時間になって号令がかかりましてね、ラッパを吹かなきゃいけない。当直将校は「何をぐずぐずしておるか」とわざと怒ってみせる。ラッパ手はいろいろやって、やっと吸い口をはめて、点検ラッパを吹き始める。その「プップー」の最後のひびき（ラスト・サウンド）が消えるまでに戻ってくればいいわけで、結局、水兵は駆け込んできたんです。要するに、杓子定規《しゃくしじょうぎ》じゃだめだ、海軍で規律を守るとはこういうことだと松永さんは少尉の時、先輩士官から教えられるんですよ。

藤原　いいお話ですね。何だか、上質のユーモアがイギリス流ですね。

阿川　西園寺《さいおんじ》公の秘書だった原田熊雄《くまお》の息子さんで原田敬策さんという人が海軍予備学生の試験を受けた時の話はね、この人スポーツマンだし英語もよくできるし、本人も希望していて海軍も採りたいんだけど、小柄なんですよ。体重計に乗ると案の定、規定より少ない。「もう一回乗れ」と言われて乗ったって、やっぱり足りない。三度目に試験官が「どーんと乗れ！」と言うんだって。そしたら針がピーンと動いて「よーし、合格」。

藤原　アハハハハ。

阿川　その手の話はいっぱいありますよ。

藤原　そうやって上官に温情をかけられると、士気も高まりますよね。

阿川　上官たるものは、部下がその顔を見て、何となく気持ちが和《なご》むような豊かさを持ってなければ駄目だと、言われてました。そう理想的にはいきませんけどね。

もうひとつ海軍の教育で面白いのは、人物の採点法です。艦長が項目ごとにA、B、C、Dというふうに採点するんですが、ある艦に乗っている時ほとんどAばかりだったのが別の艦に替わったらBやCが増えたとしますね。それでもすぐにはランクを落とさないんです。それで次の次の艦に行ってまたAが増えたら、監査の対象にされるのは前の艦の艦長なんですよ。何かえこ贔屓《ひいき》や私情が絡《から》んでいるんじゃないかというわけね。それは非常に厳格にやったらしくて、よき時代の海軍では必要とされるところへ最も適格な人材をすぐ送りこんできたと聞いています。

藤原　お話を伺っていると、陸軍はちょっとユーモア精神が足りなかったような気がしますね。だから猪突猛進《ちょとつもうしん》で、突き進んでしまう。

阿川　お手本にしたのが英国とプロシアだったという違いもあるでしょうね。

藤原　陸軍はドイツに見習いすぎましたね。留学先も陸軍はドイツがほとんどでしょう。ところが海軍は、米内光政《よないみつまさ》はロシア、山本五十六や山口多聞《やまぐちたもん》はアメリカ、豊田副武《とよだそえむ》はイギリス、井上成美《いのうえしげよし》はスイスと、各国にばらまかれています。やはり一国の価値観に固まってしまうのは怖い。

阿川　藤原さんはアメリカとイギリスと両方留学して、どっちの影響が大きかったとお思いですか。

藤原　私は最初、二十代の末から三十代にかけてアメリカへ行って、やはりかぶれました。人々は親切だし、豊かで躍動力に溢《あふ》れた国ですから、アメリカへ行ってかぶれないのはよほどの人です。

阿川　僕もかぶれたほうだ（笑）。

藤原　帰国後、十年ぐらいたってからイギリスに行ったんですが、同じアングロサクソンでも全然違うんですね。アメリカは新しければ新しいほどいい、イギリスは古ければ古いほどいい。最初はカルチャーショックでした。アメリカの数学者は自分の仕事についてこういう点が素晴らしいとはっきり主張しますが、イギリス人は謙遜《けんそん》するんです。その点、日本人と似ています。イギリス人は自分の業績を大きく言うことをはしたないと思い、アメリカ人はフランクでいいと言う。私がイギリスに行ったばかりの頃、英語をしゃべるたびに「君、アメリカ人？」と言われました。私は褒められたのかと思って得意だったんですが、実は馬鹿《ばか》にされてたんですね。イギリス人はアメリカ人のことを心の底では馬鹿にしていますから。でも、アメリカにもかぶれ、イギリスにもかぶれて、私はようやく日英米の三つの国を客観的に見られるようになりました。

阿川　僕は英国に住んだことはないですけど、海軍が英国流の伝統を残していましたから、英国流の考え方が好きですね。ガンジーが、二度と外国の植民地にはなりたくないが、どうしてもならなきゃいけないならやっぱり英国を選ぶと（笑）。そういう不思議な魅力があるんですね。

藤原　今のインドのインテリ階級でイギリスを恨んでいる人はほとんどいません。インドはＩＣＳと呼ばれる大英帝国屈指のエリートたちからなる千人ぐらいの組織により治められていました。ほとんどがパブリック・スクールやオックスブリッジの出身者で、賄賂《わいろ》や不正がまったくない。そういうエリートたちが余暇にインドで何をしていたかというと、サンスクリットの解読やモンスーンの研究といった文化的、学問的なことなんです。
日本人はそれまで植民地統治などしたことがなかったから、どうしてよいか分からず威張りくさったりしたんですね。

阿川 そう、柴五郎に対するような世界的な評価をなぜ保持できなかったか。惜しいと思うんですよねえ。

「大きな未完成品」を目指した旧制高校の教育

藤原 パブリック・スクールの出身者はノブレス・オブリージュ、高貴なる者の義務を学校で叩《たた》き込まれた人たちですから、戦争になると最も危険なところに志願して行ってしまうんですね。

阿川 それで優秀な人材の戦死がずいぶん多かったんですってね。

藤原 第一次大戦のとき、翌年ノーベル賞がほぼ決まっていたモーズリーという若い科学者もそうです。X線のスペクトルを用いて元素の原子記号を決める、という画期的発見をした人です。彼もノブレス・オブリージュに従い、最も危険なトルコ戦線に志願して行きすぐに死んでしまう。まだ二十七歳の若さだったんですが、その死を聞いて原子核物理学の祖と言われる先生のラザフォードは涙にくれるんです。

阿川　イギリス海軍の提督だったネルソンが「各自そのデューティを尽くせ」と言ったでしょう。デューティは義務と訳すとピンとこない。責任とか任務とか言ってもやはり今一つですが、ともあれ自分の背負うべきデューティをきちんと果たすかどうかが問題なんでしょ。

藤原　そうですよね。最近の日本は権利ばかりを主張する。昔から日本では権利を主張するなんてのは、さもしい考えだったんです。

阿川　うん、さもしい考え、いい言葉だ（笑）。

藤原　そういう真のエリートが日本からいなくなっちゃいましたね。とくに戦後、旧制中学・高校をつぶしたのは本当に惜しかった。あれは日本にとって致命傷ですよ。

阿川　旧制高校の教育は、パブリック・スクールとは少し趣が違うけれど、いい教育だった。実務に役立つことを教えるんじゃないという。

藤原　そうですね。素晴らしいです。

阿川　「諸君、小さな完成品になってはいけませんよ、高等学校の教育は大きな未完成品を作るためのものです」と担任の先生に言われて、なるほどと思いましたよ。内村鑑三さんは、エデュケーションとはエデュース、つまりその人のうちにあるものを引き出すこと、それが教育だと言っていますね。

藤原　今、財界も政界も官界も、二十年前とまったく様変わりしました。旧制高校出身の人たちがみんな辞めてしまいましたから。旧制高校を出た人は帝大に無試験で入れることもあって、読書量がすごい。文科理科を問わず、文学書や思想書を読んで、みんなで口角泡を飛ばしたりしていたんですね。今の学生とは背後にある教養が違います。彼らが引退した十五年ほど前から日本は下り坂です。本当の指導者がいなくなったわけですから。

阿川　また海軍の話になるけど、穂積重遠《ほづみしげとお》先生の弟子で東大の法学部を優秀な成績で卒業した杉田主馬さんという学生がいましてね。研究室に残りたくないと言うから、じゃ海軍に行ってみないかということになった。海軍省の大臣官房に代々国際法の専門家が必要なので、どうだというわけです。昭和五年のことですが、じゃ行ってもいいと言うと、海軍省から黒塗りの自動車が迎えにきてね。帝大の卒業生は官庁の初任給が七十五円だけど、海軍では特に八十五円差し上げます。それから一年後にケンブリッジに留学していただくことになると思います、と言われて、これは結構な話だと思ったそうですが、いよいよ英国に発《た》つ日が来て、大臣室へ挨拶《あいさつ》に行ったら、大臣が何か訓令をもらったかと訊《き》くんですって。英語学、戦時行政等を研修すべしと書いてありましたと答えたら、「おッ、そんなこと何ァんにも勉強せんでいいぞ。ただ彼らがどういうものの考え方をするか、それだけしっかり身につけて帰ってきてくれ」と言われたそうです。

この人は終戦のときにポツダム宣言の例の「subject to」について、米内光政海相に、これで陛下の御地位はご安泰かと訊かれるんです。えらいことになった、自分の一言で日本の国体が変わるかもしれないと思って「研究の上、お答えします」と言ったら、「いや、即答してくれ」。それで、自分が読んだ限りでは皇室を廃止するとか天皇を処刑するというようなことは一言も書いてないし、駐日大使だったグルーが国務次官を務めているから、比較的穏やかな降伏勧告ではないか、陛下はご安泰かと思います、と答えた。米内さんが「よし、わかった」と言って閣議か何かに帰って行ったそうです。そのとき杉田さんは、昔、英国へ留学に出かける当日の朝、何の勉強もしなくていいから彼らのものの考え方を学んで来いって大臣から言われたのはこの日のためだったかと思ったそうですよ。

藤原 「subject to」の解釈を違えてポツダム宣言を拒否したら大変だったでしょうね。旧制高校くらいで自由に個性を伸ばしてよいのは、小学校あたりで基礎を叩きこまれていたからと思います。それが今では、何を勘違いしてか小学校から自由、個性の尊重、子供中心主義です。今、教育界、文科省、日教組、国民もみんなこれを信じているんですね。これではどんな改革案を出してきても成功しません。

阿川 教室で帽子を被《かぶ》って授業を聴いている学生がいるんで、教授が「帽子を取れ」と言ったら、「これは自分の個性です」と答えたって話を聞いて腹立てたことがありますよ（笑）。

藤原 今の学生が、二十年前の学生に比べて面白い個性が育っているとは思いません。すぐれているのはせいぜいファッション感覚ぐらいで。個性の尊重などと言っていると個性は育ちません。小学校では「個」より「公」に尽くせと教えたほうが、ずっと個性的で面白い人間が増えるでしょう。それに昭和十五年の尋常小学校の国語は週十二時間あったのに、今は実質四、五時間。三分の一しかないんです。

阿川 そんなもんですか。だから数学者の藤原さんが一に国語、二に国語、三、四がなくて、五に算数と言ってくれるのは実にありがたいんでね。僕が家で子供たちにうるさく言ってたのは商売柄、言葉遣いだけです。「とんでもございません」なんて言葉はございません、とかね。

藤原 要するに本質的なのは寺子屋教育なんですね。江戸時代の寺子屋の先生は「読み書きそろばん」という教育の基本を知っていたんです。世界中の教育学者が今そのことを見失っている。

それを財界なんかが主導して、小学生にお金の話を教えろとか、中学生から株の売買を教えろとかとんでもないこと言い出している。

阿川　え、株の買い方まで教えるの？

藤原　アメリカの小中学校、二万校で株式を教えているんです。実際に買うわけではなくて、コンピュータ上で売買のシミュレーションをして、どれだけ儲《もう》けたか競争させる。アメリカの教育学者は、子供たちが新聞の経済欄に目を通すようになって社会への目が開かれたと自画自賛しているんです。こういうの、付ける薬がないっていうんですよね（笑）。

阿川　そりゃあ、ほんとに付ける薬がないね。

藤原　小学生が新聞の経済欄なんて読む必要ない。そんな暇があったら本を読んで、掛け算をしっかりやったほうがいいです。だからアメリカ公教育のうち、初等・中等教育は一九八〇年代にほぼ壊滅しました。それを真似《まね》たゆとり教育で日本は失敗したわけですから。

阿川　そうですよ。読み書きそろばんが基本なんです。

藤原　日本の財界や経済界には、ほんと腹が立ちますよ。浅知恵、思いつきで教育に口を出してくる。小学校で起業家精神を育《はぐく》め、金銭教育をしろ、パソコンを教えろ、英語を必修にしろ、大学では卒業して産業界ですぐに役立つ人材を養成しろとか。傍若無人です。国賊です。

阿川　いいぞ、いいぞ（笑）。

藤原　黙って本を読ませていればいいんです。このあいだ、ある経済団体での講演でそういう話をしてきたんです。とんでもない国賊だって（笑）。

阿川　はっきり言ったんですか。

藤原　はい。残念ながら、団体のトップの人たちはいなかったみたいです。トップがいけないんです。

阿川　藤原さんみたいな武士と商人とではまるきり合わないだろうね。

藤原　まあ最下位の足軽なんですけど（笑）。それから学校法人による大学でなく株式会社立大学を甘い審査のみで認めるというのもそうですね。株式会社は利潤を追求するものですから、儲からなかったり本社が危うくなったら途中で潰《つぶ》しちゃいます。そうしたら学生は一体どうなるのか。学問の自由はどうなるのか。

阿川　それは文部科学省の方針なんですかね。

藤原　いえ、文科省は弱い官庁ですから、経済界の意向を受けた内閣府や経産省、金融庁などの言いなりなのです。教育、医療など経済以外のことにやたらと口をはさむ財界人は、すべてを経済原理でしか考えない。文科省の大臣に国を守る気持ちがあるのなら、ふざけるな、いい加減にしろと、財界のトップを一喝しないといけない。戦後GHQと日教組に教育を壊され、今また、財界によって三度《みたび》同じことが行われようとしています。

読書回帰の次は文語復活？

阿川　財界が教育に口を出すようになるとはねえ、時代も変わりましたね。

藤原　ちょっと経済界は図に乗っています。バブル崩壊以来、不況克服のためなら何をしてもいいんだと、政府も官僚も国民も信じ込んでしまった。それに乗じたのか、経済人は不況の責任を感じることもなく、むしろ自らの責任を糊塗《こと》するがごとくに、社会を変えろ教育を変えろと、昔からの日本の美しい国柄を片っ端から壊そうとしている。なぜ一人の気骨ある日本人が出てきて、「たかが経済」と言わなかったか。

阿川　「たかが経済」というのはいい言葉だねえ。ほんと、たかが経済。日本は二千年の伝統文化にもとづいた第一流の文化立国を志すべきなんです。敗戦直後「文化国家、文化国家」と騒いで「ブン蚊ブン蚊と夜も眠れず」と皮肉を言われたあんな安直な浮わついたものじゃなしに。

藤原 五百年間、世界一の経済繁栄を成し遂げても、真の誇りにはなりません。素晴らしい文学や科学を生む文化こそが、国の誇りになる。

阿川 そう、そうすれば愛国心なんてわざわざ言わなくても、自然と自分の国に誇りを持つようになりますよ。

藤原 イギリスは二十世紀通して百年間斜陽です。でも誰もパニックなど起こしませんでした。黙って美しい田園や伝統や文化を保ってきました。

阿川 戦後のどん底の時代を生き抜いた日本人にも、不況に耐える力は備わっていると思うんです。さっきの阪神淡路大震災のときの略奪がなかった話にしても、そのいい素質を次の世代に伝え残してる証拠なんだから、それを大事にしないと。

藤原 日本人はもともと金銭を低く見るという価値観があったんです。明治維新の頃に来たイギリス人のチェンバレンは、「日本では金持ちは威張らないし貧乏人は卑下しない」と驚きました。アメリカ人のモースは、「日本に貧乏人は存在するが貧困は存在しない」と言いました。欧米と違い日本では貧乏人が、金のためなら何でもしそうな獰猛《どうもう》な目つきをしていないし、絶望に打ちひしがれた虚《うつ》ろな目もしていない、と不思議に思ったのです。それが今の日本は、とくにバブル以降、金、金、金になっちゃいました。

十数年前までは、形勢を見て有利なほうへつくことを「日和見《ひよりみ》」とか「風見鶏《かざみどり》」といって馬鹿にしていました。ところが今や、勝ち馬に乗ることが賢いことで、自らの信条を貫くのはバカだというふうな風潮になってしまっている。ほんとに困ったことです。ただ、ホリエモンとか村上世彰《よしあき》みたいな、金の申し子のようなのが出てきても、憧《あこが》れたのは一部だけで、大半の日本人は胡散臭《うさんくさ》い連中だと思っていたのではないでしょうか。

阿川 僕はああいうのを見るのがいやだから、テレビのニュースなんか、できるだけ見ないようにしていますがね（笑）。

藤原 私はこの二十年くらい、初等教育のいちばん大きな目標は、自ら本に手を伸ばす子供を育てることだと言い続けているんです。最近は朝の読書運動などをやり始めて、小学生が図書館から本をどんどん借りるようになってきたらしいですね。

阿川 ああ、そうですか。それはいい兆候ですね。

藤原 それまではテレビばかりだったのが、本の面白さに気づいたみたいです。

阿川　友達同士でメールの交換するのも楽しいだろうけど、本を読むというのは二千年昔の人とも、五千キロ離れたところに住む人とも友達になれることだからね。

藤原　そうですよね、時空を超える体験は読書以外にありませんから。

阿川　藤原さんはお茶の水女子大でも読書ゼミをなさっているんですって。

藤原　はい、私の読書ゼミで週に一冊ずつ文庫を読ませると、三カ月で人間が変わっちゃうんです。

阿川　ほほう。

藤原　『きけ　わだつみのこえ』などを読むと、学徒出陣兵は自分たちよりはるかに教養があって考えも深い。明治時代の人はさらに立派だし、今の私たちは近代で最低の学生じゃないかと劣等感を持ってしまうほどです。日本は恥ずべき国家であると言っていた学生たちが、誇るべき国であると、まるで洗脳されたみたいに考えが変わってしまう。読書というのはものすごい力がありますね。

阿川　だけど、数学者の藤原先生が大学で何の授業をしていらっしゃるんですか（笑）。

藤原　大学院や学部では数学の授業もしているんですが、それだけでは少々飽きちゃう（笑）。そこで一年生の読書ゼミを受け持って、もう十年になります。

ゼミ終了後、夏休みに田舎に帰ったらおじいちゃんに戦争の話を聞きますとか、先祖の墓の草むしりをしますとか、学生が言い出すんですよ。

阿川　それは将来に希望の持てるいい傾向ですな。

藤原　それから私は、文語も復活させたいんですよ。

阿川　そうっ！　昔、僕がうちの子供たちに『論語』の言葉で何が好きな言葉か言えるかって訊いたら、誰も何も言えないのね。それで中学生だった末っ子に、インスタント素読をやってやることにして、晩飯前の五分間だけ、意味がわからなくてもいいから暗誦《あんしょう》しろと言って、「子曰《いわ》く、学びて時にこれを習う、亦《ま》た説《よろこ》ばしからずや」、そういう風に繰返し唱えさせたんです。しばらく続いたのに、向こうはバスケットの試合で忙しいとか、親のほうはマージャンの約束ができたとかいうんで、結局やめちゃったけどね（笑）。でも、この種の簡易素読でもやったらいいですよ。『論語』の一節をいくつかそらで言えたら、今の中学生や高校生としては珍しい存在だし、成人後きっと何かのプラスになるでしょうからね。

藤原　最近の脳研究によりますと、音読は大脳の前頭前野と深い関係があるということがわかってきた。前頭前野は独創性を司るところです。だから、子供のときに音読や素読をすると、クリエイティヴになる可能性がある。

阿川 それは面白いなあ。

藤原 今、文科省は独創性を育む教育なんて言っていますけど、余計なことせずに、小学校でも中学校でも本を音読させたほうがはるかにいい。私の父も父の祖父から素読をさせられました。毎日、朝早く起きて、真冬でも廊下に正座してやっていたそうです。湯川秀樹《ひでき》先生も、祖父から漢籍の素読を受けていますね。四書五経の素読が子供の日課だったのは、あの世代まででしょう。それを今の教育評論家は、意味もわからない子供に素読をさせてもしょうがないと言うんですから、どうしようもない。

阿川 意味はわからなくていいんですよ。川端康成《やすなり》さんが、少年の頃意味もわからないのに祝詞《のりと》を読まされたのが、自分の文章に大きな影響を与えてると書いてます。

藤原 大正時代に類体論という大理論を創った数学の高木貞治先生は、幼少の頃長いお経を意味もわからず全部暗唱していたそうです。湯川先生も、幼い頃の素読は無駄ではなかった、中間子理論のアイデアは老荘の思想に影響を受けたと言っていますね。

阿川 詩も、口語詩ってなかなか憶《おぼ》えられないのに、文語詩は憶えられるんだよね。七十年前に習った短歌や詩が、八十五歳になっても全部きちんと出てくるんです。

藤原 文語詩のほうがはるかに格調が高い。

阿川 聖書も文語のと口語のと比べると、全然違いますね。それこそ品格がある。

藤原　漢語そのものに品格がありますね。それに文語はコンパクトに言い切ることができるでしょう。

阿川　そう、コンパクトで無駄がない美しい表現になるんです。

藤原　「説明するのがめんどくさくてたまらない」というのを「説明するの煩《はん》に堪えず」とかね。普通のことを書いても芸術性がある。文語を失うのは日本にとって大きな損失だと思いますね。

阿川　藤原さんがそうやって読書ゼミで教えた教え子たちは、もとの女高師（女子高等師範学校）の学生だから、昔のように教職に就く人が多いですか。

藤原　はい、でも今は半分以下になりました。中学や高校の教師ですね。

阿川　それでも半分ぐらいは先生になるわけですね。そうすると、さっきおっしゃったような、本を読んで考えの変わって来た人たちが教職に就いているわけだ。少し明るい感じがするねえ。

藤原　そうなんですよ。教え子たちが同じことをしてくれれば、どんどん広がっていきますから。

阿川　それは井上成美提督が戦争中、江田島の兵学校長のときやった二段教育ですね。自分が何千人もの生徒を個々に教えるわけにはいかないから、自分の教育理念を若い教官連中にしっかり叩《たた》きこんで、彼らがその意思を継いで教室で直接の授業をするという。

藤原 そうですね。連鎖反応になりますね。

阿川 藤原さんの場合なら、あなたの教え子を通して藤原理念が広がっていくわけですよ。経済界の教育への口出しはけしからんけれど、そうやって子供たちがかなり読書回帰しているそうだし、そこに期待したいですね。

家庭教育——阿川家は大日本帝国式、藤原家は武士道精神と独創性重視

阿川 今の藤原家の家庭教育はどうですか。『遥かなるケンブリッジ』で、向こうの学校でいじめを受けた坊ちゃんたちは、おいくつになりました?

藤原 いちばん上が二十五歳になりますがドクターコースで数理的に脳の研究をしています。自分の悪い脳みそをよくしたいようです。次男はマスターコースで数理経済をやっています。三男が物理をやっています。

阿川 そうですか、そりゃみんな大したもんだ。

藤原 三人ともノーベル賞を取る予定です。

阿川　アハハハハ。

藤原　一億円ずつ賞金をもらって、半分の五千万円を私にくれる約束になっています。三人分で一億五千万円もらえる（笑）。私は昼寝して暮らす計画になっています。

阿川　やっぱり家庭教育は厳しく、読書もうんとさせたんですか。

藤原　いちばん重視したのは卑怯《ひきょう》なことはするなということ、これは父からの訓《おし》えですね。もうひとつは独創性です。独創的な思考を大事にする。何か新しい発見をしたら、激賞してやるんです。

たとえば長男が五歳ぐらいのとき、ガソリンスタンドは町の角に多いと言うんですね。たしかにそうなんです。私は気づいてなかったので、すごく褒めてやりました。あるいは三男が幼稚園のとき、お祭りでもらってきた風船が、最初は天井にいたのがだんだん落ちてくるんですね。それを三男がガラスにキーッキーッと摩擦《まさつ》したんです。あの音がいやな私が二階から怒鳴りながらとび下りてきたら、「パパ、発見したよ、床にあった風船がまた天井に上がっていったよ」。要するに摩擦熱で中の空気が膨張して、また上がっていったというわけです。

阿川　なるほど、褒めてやればファイトが湧《わ》くし。

藤原　ええ、すごく褒めてやりました。家に「発見ノート」を置いたら、みんな競争で発見するんですよ。私も一つか二つ、発見しましたけどね。お風呂《ふろ》の湯船の中でするおならは臭いとか（笑）。

阿川　お子さんたちの反応はどうだった？

藤原　いやあ、それは子供三人と一緒に風呂に入っているときに発見したんですが、「なーんだ、パパの発見なんてくだらないや」と笑っていましたが数秒後に突然、三人ともすごい形相で風呂場を飛び出していきました（笑）。阿川家はいかがですか。

阿川　佐和子さんによると押し付け教育が生きていたみたいですけど。

藤原　押し付けも何も、うちは四人の子供のうち三人までは「出て行け」って家をたき出したことがあるから（笑）。

阿川　でも、尚之さんも佐和子さんも品が実にいい。品格は一朝一夕にはつきません。

藤原　そんな高尚なものはありゃしないと思うけどね。それより、新田さんと藤原ていさんは息子の正彦少年のことで意見が分かれてよく喧嘩《けんか》していたみたいだけど、藤原さんと奥さんはどうなんですか。

阿川　激しいですよ。年に二回ぐらい、離婚寸前になります（笑）。そのたびに私は、もう二度としませんと誓約書を書かされるんです。実印もつかされますからえらいことです。

阿川　アッハッハッハ。

藤原　父と母の喧嘩は、最後は母の暴力です（笑）。母が箸《はし》を投げつけると、父はさーっと二階に逃げていきました。

父は常々、卑怯な真似《まね》はするなと言って、弱いものいじめを見つけたら身を挺《てい》してでも助けろというわけです。それで私が、貧しい家の子をいじめていた市会議員の息子を引きずり倒して殴ったことを報告したら、父が喜びましてね。あんなに褒められたことは一生に一度だけでした（笑）。

ただ、母はそんなことしたら内申書が悪くなるとか、怪我《けが》でもさせて菓子折りを持って謝りに行くのは二度とごめんだとか言う。父の理想主義と母の現実主義とが私の頭の上でいつも衝突していたんです。そのうち口喧嘩ですまなくなると、箸が飛ぶんですね。

阿川　新田さんは怒ったりしないの？

藤原　だって怒ったら何を言われるかわかってますから。「子供三人を満洲から連れ帰ったのは誰だ！」となる。父は満洲国中央観象台の課長だったのですが、新京駅を発《た》ち南に逃げる時、まだ課員が残っている以上自分だけ家族と一緒に逃げるわけにはいかないと、「私」より「公」を優先したわけです。父にはやはり武士道精神がありますから。母のほうは、一年間、北朝鮮で乞食のような生活をし、命からがら三十八度線を突破したのですから、「子供三人を生かして連れて帰ったのは誰だ!」となる。勝ち目はないから、父はすぐ二階に逃げていく。

阿川　そちらのご夫婦の話ばかりして失礼だけど、藤原さんが武士道だ、武士だと言うと、奥様に「何よ、足軽のくせに」と言い返される例のエピソード、本でお書きになっているでしょう。あれも好きなんだ。

藤原　そうなんですね。女房のほうは、十世紀の村上天皇の第六皇子から男系でずっと来ているんですよ。おまけに途中で北畠親房《きたばたけちかふさ》が出てきたりしている。

阿川　それはいけませんね（笑）。

藤原　喧嘩になると、「あんたなんて、ほんとは私と一緒に食事できる柄じゃないのよ。土間で食べなさい」って言われちゃうんですよ（笑）。自分の結婚を「降嫁」だと生意気なことさえ言う。阿川家のように大日本帝国ならいいんですけど。

阿川　もうこの頃は、うちも大日本帝国が通用しなくなったよ（笑）。

藤原　たしか山本五十六《いそろく》さんの奥さんは会津の人でしたよね。私の女房も会津なんです。

阿川　会津と村上天皇なんですか。

藤原　父方が村上天皇で、おばあちゃんが会津なんですね。会津の女って手強いですから、山本五十六さんも気の毒です（笑）。だって戊辰《ぼしん》戦争で会津女は次々に自決したほどです。女房が自決してくれれば私も晴れて幸せな再婚ができるのですが（笑）。

阿川　山本さんの親友たちは「山本が日本一なのに夫人はそれより強いんだから、あれがほんとの日本一」と言ってたそうです（笑）。非常にしっかりした方だったらしい。

藤原　私が昔、武士道精神が重要だなんて言っていたときは、女房は「何言ってるのよ、時代錯誤もいいとこよ」と言っていたんです。ところが、七、八年前に初めて先祖の地である会津に連れて行ったら、すっかり会津狂いになってしまいましてね。最近では、私が武士道精神とか言うと、「何よ、会津の血も引かないくせに」と、ひどい会津中華思想で、参ってしまいます（笑）。

阿川　夫婦喧嘩をすると子供が優秀になるという数学上の定理があるのかもしれないね（笑）。

あとがき

わが国では、一昔前には考えられなかったような凶悪事件が頻発するようになった。学校は世界一勉強しない子供達で満たされ、そこでは自殺に追いこむほどの陰湿ないじめがはびこっている。大人から子供までが金銭崇拝に傾き、国家や社会より自分の利害損得だけで行動するようになった。市場原理のもと、地方は疲弊し田園は荒された。十年以上も続いた経済不況から脱し切れないまま今度は経済破綻《はたん》に巻き込まれた。近隣諸国との関係もとげとげしく、国の安全さえ脅《おびや》かされている。熱狂的とも言ってよいほどの勢いで改革がなされてきたが、かつての穏やかな社会や人心は戻る気配すらない。以前の如《ごと》き経済繁栄は二度と再現できないよう構造改革されてしまった。

このような現状をどうにかしたい、と心ある日本人の誰もが考えていることだろう。こんな現状に追いこまれた真因は、日本人が祖国に対する誇りと自信を失ったため、そして活字文化の衰退により日本人が教養と大局観を失ったため、と信じている私は『国家の品格』以来、論説、講演、対談などでそのような観点から意見を述べてきた。

その中から対談をまとめて本にするという話が出た時は少々うろたえた。論説と講演なら多少の自信もあるが、会話にはまったく自信がないからである。パーティなどではじっと黙っていて突然思い出したように長広舌をふるったりするから、女房には「あなたは会話のキャッチボールができない」と日頃なじられている。女房のように無定見な相槌《あいづち》を打ったり、無内容な継穂を挟んだり、無節操な愛想笑いで盛り上げたり、といったことができないのである。

ところが編集されたものを読んでみるとこれが我ながらなかなか面白い。私の話はともかく、人生経験や見識の豊かな相手の語る話が面白い。そこで上梓《じょうし》を決断した。本書の元となった単行本はこうして二〇〇七年七月に出版されたのである。タイトルの方は、今日までに決めるという日の朝、思い悩みながら歩いていたら、偶然出会った知人が雑談の中で矜持《きょうじ》という言葉を使ったので、すぐにこれ、と思った。誇り、自信、自尊心などを意味するぴったりの言葉だったからである。漢語独特の凛《りん》とした響きもよい。めったに使われない単語だけに手垢《てあか》がついていない。颯爽《さっそう》とした清涼感は私のイメージにもぴったりだ。

もしこの文庫版が世に暖かく迎えられたとしたら、それは素晴らしいタイトルを採択した私の功績、そして何より興味ある話を味わい深く語ってくれた対談相手の功績である。

二〇〇九年十月

藤原正彦

この作品は平成十九年七月新潮社より刊行された。

藤原正彦著　**若き数学者のアメリカ**

一九七二年の夏、ミシガン大学に研究員として招かれた青年数学者が、自分のすべてをアメリカにぶつけた、躍動感あふれる体験記。

藤原正彦著　**数学者の言葉では**

苦しいからこそ大きい学問の喜び、父・新田次郎に励まされた文章修業、若き数学者が真摯な情熱とさりげないユーモアで綴る随筆集。

藤原正彦著　**数学者の休憩時間**

「正しい論理より、正しい情緒が大切」。数学者の気取らない視点で見た世界は、プラスもマイナスも味わい深い。選りすぐりの随筆集。

藤原正彦著　**遥かなるケンブリッジ**
—一数学者のイギリス—

「一応ノーベル賞はもらっている」こんな学者が闊歩する伝統のケンブリッジで味わった波瀾の日々。感動のドラマティック・エッセイ。

藤原正彦著　**父の威厳　数学者の意地**

武士の血をひく数学者が、妻、育ち盛りの三人息子との侃々諤々の日常を、冷静かつホットに描ききる。著者本領全開の傑作エッセイ集。

藤原正彦著　**心は孤独な数学者**

ニュートン、ハミルトン、ラマヌジャン。三人の天才数学者の人間としての足跡を、同じ数学者ならではの視点で熱く追った評伝紀行。

曽野綾子著

太郎物語
—高校編—

苦悩をあらわにするなんて甘えだ——現代っ子、太郎はそう思う。さまざまな悩みを抱いて、彼はたくましく青春の季節を生きていく。

曽野綾子著

戦争を知っていてよかった
—夜明けの新聞の匂い—

アラブとユダヤ、辺境と大都会、富裕と貧困……不公平な世界の現実を、冷静で公平な作家の目で見続ける著者の、好評辛口エッセイ。

ビートたけし著

少年

ノスタルジーなんかじゃない。少年はオレにとっての現在だ。天才たけしが自らの行動原理を浮き彫りにする「元気の出る」小説3編。

ビートたけし著

菊次郎とさき

「おいらは日本一のマザコンだと思う」——。「ビートたけし」と「北野武」の原点がここにある。父母への思慕を綴った珠玉の物語。

阿川弘之著

雲の墓標

一特攻学徒兵吉野次郎の日記の形をとり、大空に散った彼ら若人たちの、生への執着と死の恐怖に身もだえる真実の姿を描く問題作。

阿川弘之著

山本五十六
新潮社文学賞受賞(上・下)

戦争に反対しつつも、自ら対米戦争の火蓋を切らねばならなかった連合艦隊司令長官、山本五十六。日本海軍史上最大の提督の人間像。

佐藤愛子著　こんなふうに死にたい

ある日偶然出会った不思議な霊体験をきっかけに、死後の世界や自らの死へと思いを深めていく様子をあるがままに綴ったエッセイ。

佐藤愛子著　私の遺言

北海道に山荘を建ててから始まった超常現象。霊能者との交流で霊の世界の実相を知り、懸命の浄化が始まる。著者渾身のメッセージ。

佐藤優著　国家の罠
―外務省のラスプーチンと呼ばれて―
毎日出版文化賞特別賞受賞

対ロ外交の最前線を支えた男は、なぜ逮捕されなければならなかったのか？　鈴木宗男事件を巡る「国策捜査」の真相を明かす衝撃作。

佐藤優著　自壊する帝国
大宅壮一ノンフィクション賞・新潮ドキュメント賞受賞

ソ連邦末期、崩壊する巨大帝国で若き外交官は何を見たのか？　大宅賞、新潮ドキュメント賞受賞の衝撃作に最新論考を加えた決定版。

五木寛之著　風の王国

黒々と闇にねむる仁徳天皇陵に、密やかに寄りつどう異形の遍路たち。そして、次第に暴かれる現代国家の暗部……。戦慄のロマン。

R・バック
五木寛之訳　かもめのジョナサン

飛ぶ歓びと、愛と自由の真の意味を知るために、輝く蒼穹の果てまで飛んでゆくかもめのジョナサン。夢と幻想のあふれる現代の寓話。

日本人《にほんじん》の矜持《きょうじ》

―九人との対話―

新潮文庫　ふ－12－10

平成二十二年一月一日発行

著者　藤《ふじ》原《わら》正《まさ》彦《ひこ》

発行者　佐藤隆信

発行所　株式会社　新潮社

郵便番号　一六二―八七一一
東京都新宿区矢来町七一
電話　編集部(〇三)三二六六―五四四〇
　　　読者係(〇三)三二六六―五一一一
http://www.shinchosha.co.jp

価格はカバーに表示してあります。

乱丁・落丁本は、ご面倒ですが小社読者係宛ご送付ください。送料小社負担にてお取替えいたします。

印刷・株式会社光邦　製本・憲専堂製本株式会社

ISBN978-4-10-124810-3　C0195